JN014984

やなせ たかし

YANASE TAKASHI

フレーベル館

［装丁］アンパンマン室＋ＡＤ
［編集協力・ＤＴＰ］西澤 明（Lascaux）

続 オイドル絵っせい

オイドル絵っせい
やなせたかし

—(1)—

1919（大正8）年、香美郡香北町生まれ。旧制城東中を経て、東京高等工芸学校（現・千葉大）図案科卒。戦後、高知新聞社に入り、「月刊高知」編集などを担当。その後上京し、三越宣伝部にグラフィックデザイナーとして入社。53年、フリーとなり、漫画をはじめ童画、絵本、アニメーション、作詞など多方面で活躍中。独特のメルヘンの世界を描き、「アンパンマン」のほか、「アンパンマン」シリーズは人気絵本、人気テレビ番組になっている。代表作に「てのひらを太陽に」「やなせたかし画集」など。日本漫画家協会常務理事。高知新聞社の黒潮マンガ大賞審査員。本名・柳瀬嵩。東京都新宿区在住。

それいけオイドル

オイドルというのはなんのことかといえば老人のアイドル、つまり老いどる。

子どものアイドルをチャイドルといいますね。それならオイドルもあるわけで、ぼくは老人になってしまったから、なんてったってオイドルを目指そうと思った。（ヤメロ！）

少し頭がおかしいのではないかと自分でも思うが、どうせ冗談半分である。ところが冗談と思っていたやなせ・たかし記念館が郷里の高知県香北町に建つことになって、一九九六年七月二十一日にオープンのセレモニーが盛大に行われた。アンパンマンミュージアム誕生！　くすだまが割れて舞い散る紙吹雪。

山峡の過疎の町の空にあがるバルーン！

どうも現実のこととは思えなかった。

夢の中でまた夢を見ているようだった。

ファインアートの巨匠だって生きている間に自分の名前のついた美術館を建てることはまずほとんど望めない。

香北町立やなせたかし記念館アンパンマンミュージアムときたもんだ。

眼の前で奇跡がおきてるんだ、これにびっくりせずに何にびっくりしようか。

まして、ここは過疎の町。昔二万人あった町の人口は五千八百人まで減少している。

交通不便な山の中にミュージアムなんか建てたって果たして人がくるだろうか？

常識で考えれば来ないよね。

初日はとにかくとして、一週間もすれば客足が落ちてまた静寂な自然の中に埋没する。

たまさか訪れた人が、

「えっ！　こんなところにアンパンマン、そういえば幼稚園の頃によく見た」といってなつかしがる。

それでいいのだとぼくは思った。

しかし貧しい故郷の町に経済的負担をかけるのは申し訳ない。赤字の部分はぼくがなんとか補うしかない。自治体の箱物はほとんど赤字である。野島民雄町長は心配そうに言った。

「年間十万人入らないと維持費がでませんが大丈夫でしょうかね」

「大丈夫ですよ、心配しなくていい」

この心配しなくていいというのは、いざとなれば自分で出血して助けるつもりだったのだ。そのためにあまり大きくしなかったし、絵その他の雑費は全部ぼくが負担した。

ところが、開館四十九日で十万人、年間で三十万人の入館者があって、黒字になってしまったからヒエーほんまかいな、と本人がびっくり。

いくつかの新聞記事に現代の奇跡だととりあげられたのだから、カッコイイ！　ぼくは名誉館長だ。名誉館長というのは何もしなくていい、責任もない。

ところが仕事が山積することになった。ミュージアムはぼくの晩年の最後の仕事と思っていたが、最後どころか、出発になってしまった。どうすりゃいいんだ。

とても静かな晩年は無理なようだ。テンヤワンヤ、アタフタ、アクセク、ドタバタというめまぐるしいオイドル暮らしがはじまった。

まさかこんなことになろうとは神ならぬ身の知る由もなかった。

（題字も筆者）

作者の言葉

横山隆一先生は同郷の先輩であり中学校の先輩で漫画家としてまた人生の先輩でもある。

そのあとを引きついでエッセーの連載をはじめるのは光栄だが恐れ多い。

しかし、いつのまにかぼくも人生の晩年に達した。いくらかは書き残しておくのもいいかもしれない。

タイトルは「オイドル絵っせい」である。

オイドルとは老人のアイドル。人生の晩年はなるべく楽しくという願望をこめたつもりだ。

さて面白いかどうかは連載がはじまってからのお楽しみ。

続 オイドル絵っせい 目次

第10章 人生は喜ばせごっこ……291

○本書は既刊「オイドル絵っせい 人生、90歳からおもしろい！」に引き続き、高知新聞に連載していた「オイドル絵っせい」から新たに選んでまとめたものです。
○年齢、年号、その他表記は新聞掲載時のものとなっています。
○305P「この連載について」以降の絵っせいは、著者生前に執筆され、没後に掲載されたものです。（編集部）

それいけオイドル

オイドルというのはなんのことかといえば老人のアイドル、つまり老いどる。

子どものアイドルをチャイドルといいますね。それならオイドルもあるわけでぼくは老人になってしまったから、なんてったってオイドルを目指そうと思った。（ヤメロ！）

少し頭がおかしいのではないかと自分でも思うが、どうせ冗談半分である。ところが冗談と思っていたやなせたかし記念館が郷里の高知県香北町に建つことになって、一九九六年七月二十一日にオープンのセレモニーが盛大に行われた。アンパンマンミュージアム誕生！くすだまが割れて舞い散る紙吹雪。

山峡の過疎の町の空にあがるバルーン！　どうも現実のこととは思えなかった。夢の中でまた夢を見ているようだった。

ファインアートの巨匠だって生きている間に自分の名前のついた美術館を建てることはまずほとんど望めない。

香北町立やなせたかし記念館アンパンマンミュージアムときたもんだ。

眼(め)の前で奇跡がおきてるんだ、これにびっくりせずに何にびっくりしようか。

まして、ここは過疎の町。昔二万人あった町の人口は五千八百人まで減少している。交通不便な山の中にミュージアムなんか建てたって果たして人がくるだろうか？　常識で考えれば来ないよね。

初日はとにかくとして、一週間もすれば客足が落ちてまた静寂な自然の中に埋没する。たまさか訪れた人が、「えっ！　こんなところにアンパンマン、そういえば幼稚園の頃(ころ)によく見た」といってなつかしがる。

それでいいのだとぼくは思った。

しかし貧しい故郷の町に経済的負担をかけるのは申し訳ない。赤字の部分はぼくがなんとか補うしかない。自治体の箱物はほとんど赤字である。野島民雄町長は心配そうに言った。

「年間十万人入らないと維持費がでませんが大丈夫でしょうかね」「大丈夫ですよ、心配しなくていい」この心配しなくていいというのは、いざとなれば自分で出血して助けるつもりだったのだ。そのためにあまり大きくしなかったし、絵その他の雑費は全部ぼくが負担した。

ところが、開館四十九日で十万人、年間で三十万人の入館者があって、黒字になってしまったからヒエーほんまかいな、と本人がびっくり。

いくつかの新聞記事に現代の奇跡だととりあげられたのだから、カッコイイ！　ぼくは名誉館長だ。名誉館長というのは何もしなくていい、責任もない。

ところが仕事が山積することになった。ミュージアムはぼくの晩年の最後の仕事と思っていたが、最後どころか、出発になってしまった。どうすりゃいいんだ。

とても静かな晩年は無理なようだ。テンヤワンヤ、アタフタ、アクセク、ドタバタというめまぐるしいオイドル暮らしがはじまった。

まさかこんなことになろうとは神ならぬ身の知る由もなかった。

《作者の言葉》

横山隆一先生は同郷の先輩であり中学校の先輩で漫画家としてまた人生の先輩でもある。

そのあとを引きついでエッセーの連載をはじめるのは光栄だが恐れ多い。

しかし、いつのまにかぼくも人生の晩年に達した。いくらかは書き残しておくのもいいかもしれない。

タイトルは「オイドル絵っせい」である。

オイドルとは老人のアイドル。人生の晩年はなるべく楽しくという願望をこめたつもりだ。

さて面白いかどうかは連載がはじまってからのお楽しみ。

（一九九九年　四月十日　高知新聞・夕刊　連載第一回より）

第1章

やせても枯れてもミュージカル

涙のデュオ

老人になっても元気溌剌という人々がいる。スキー、登山、テニス、ゴルフ、水泳その他なんでも若者に劣らずこなして疲れを知らない。実に羨ましい。ぼくはなんにも出来ない。ほんの少しの坂道でも息がはずむ。足が動かない。眼と耳が両方とも悪くなり持病の腰痛もあってアイテテ。たてばギックリ、歩く姿はボケの花である。

ぼくの職業は漫画家で、時間は不規則、運動不足。室内の座業で、年がら年中、白いケント紙に細描の絵を描いている。これじゃ眼も耳も悪くなる。腰痛も職業病だ。解っちゃいるけどやめられない。

でも若い時にはなんでもなかった。乗りきることができた。

八十歳過ぎるとそうはいかない。一日毎に老いていく。朝起きると今日もまだ生きていたかと思ってほっとする。

明日死んでも誰もびっくりしない年齢になって、まだ現役第一線にいるのはうれしいが、正直言ってしんどい。

できれば名誉職とかナントカ委員長みたいなのは全部やめて面白いことだけやりたい。

でも浮世の義理とかなんとかあって押しつけられてしまう。高知の漫画甲子園の審査委員長も10年を超えたから、もう定年退職でお役ごめんにしてほしい。

それなのに今年は「かるぽーと」で審査以外にアンパンマンコンサートもやったんだぜ。

老人を酷使するなといいながら、実は本人も大よろこびでやるのだから困ったものだ。

来年の二月には同じ「かるぽーと」でミュージカル「涙のデュオ」を上演することも決定している（実はまだ問題山積！）。

このエッセーの中で地方でミュージカルをやるのはやはり無理だと書いたら、お節介な人がいて実現することになった。

出演者はぼくを含めてたった三人だが、クワルテットの生演奏が入る。舞台監督、衣装、CG、PA等々を入れると大人数になる。

ミュージカルの場合、現地の即席スタッフではどうしても駄目である。レッスンの日程も組まなければならない。

制作、脚本、演出、美術、作詩、作曲はぼくがひとりでこなすから無料だが、スタッフはすべて有料なので経費がかかる。

無理と出血を覚悟でなぜこんなことをやるのか。しかも人生の晩年にさしかかって明日をも知れぬ心細い身の上なのにさ。

要するにお客さんの喜ぶ顔を見るのがうれしくてたまらない。

漫画ではこうはいかない。今眼の前にいる人の笑い声を聞くのは本当にうれしい。無上の幸福なんですね、これが。

もっとも、ぼくも歌うのでその時は耳栓（せん）をはめていてください。

ステージのぼくを見た人はみんな、「お元気ですね」と言う。たしかにステージでは何もかも忘れて元気になる。終わると息もたえだえでぐったり。この落差がまたこたえられないのだから、正気の沙汰（さた）とも思えない。

人気と色紙と…

野球選手やサッカーの選手、あるいは芸能人、映画やＴＶのアイドルがサインを依頼されてサインをするのは、これはファンサービスで当然のことだ。

しかし、ぼくのような職業の場合、色紙に絵を描いてサインするのは本当はおかしい。名前のサインだけならいいが、アンパンマンとかドキンちゃん、バイキンマンを描いてくださいと必ず言われる。

ぼくは絵を売って暮らしている。すると、その絵はぼくの商品ではないか。それをタダで描くというのはまちがっている、とは思うのだが、ことわるのもなんか不親切と思ってついつい要望にこたえてしまう。

中には、郵便で色紙をおくってくる人もいる。「先生の大ファンです。一枚描いてください」なんて手紙がついている。

頼む方は「色紙一枚ぐらい」と簡単に考えているみたいだが、頼まれる方は一枚ではない。何枚も描かなくてはならない。年末になるとチャリティー色紙の依頼が各地からやってくる。

色紙を積みあげて描いていると妙に物哀しい気分になってくる。

仕事としてなんの役にもたたない。面白くない。しかもタダである。

描きながら気分が滅入ってくる。

「いったい何のためにこんなものを描いているのだろう？　仕事は忙しい。時間をとられたくない」と思いながら、それでもことわりきれない。

でも、逆に言えば、それは人気があるということだから、有難いと思って感謝しなくてはいけないのかもしれない。

それでは人気というのはなんだろう？

これがまた、すごく解らない。

ぼくはハンサムではない。ぱっとしない

疲れた老人である。

人気のあるのはアンパンマンで、ぼくではない。それでも子どもを連れたお母さんが寄ってきて、「ほらほらアンパンマンのおじさんよ、面白いでしょ。いっしょに写真撮りましょうね。はい、おじさんと握手して」

おいおい、何を勝手なこと言ってるんだ。子どもはヘンな知らないおじさんと握手なんかしたくないから泣きべそをかいているではないか。ぼくは芸能人ではないと心の中では思うが、顔は笑ってVサインしてポーズつくったりするのは、根性がいやらしい。

でも、冷淡にことわったりすることは絶対にできない。

ぼくは元来は人みしりで、あまり人前にでるのは好まない性格なのだ。この職業をえらんだのも、仕事場にとじこもってコツコツ仕事していればいいと思ったからだ。

ところが最近は、とてもとじこもってはいられない。人前にでる露出度も異常に多くなってきた。困ったものだと思うが、実はそれは作者として幸福なのだそうだ。するとこれが晩年の幸福なんですかね？

二人で宝塚

もう今では旧聞になってしまったが、高知で偶然のことからミュージカル「涙のデュオ」を公演することになり、香北町の福祉センターホールと高知市内の「かるぽーと」で二月三日、四日と続けて上演した。

ぼくが自分で設定したのではなかったので、二月のインフルエンザと風邪と受験という最悪のシーズンのウイークデーの夜という集客の一番難しい日になってしまった。

おまけに出演者はぼくを含めてもたった三人である。これでミュージカルが出来るのか、恐らく浅利慶太でも三谷幸喜でも蜷川幸雄でも不可能と答えるにちがいない。

それに、後半は宝塚ミュージカルのパロディーをやろうというのだから、メチャクチャな企画である。

しかもこのミュージカルはどんなものか、誰も知らない。知らせることも不可能。

出演する二人の歌手大和田りつこさんと岡崎裕美さんは武蔵野音大、東京芸大出身で、その歌唱力には定評のある実力派だが、残念ながら一部を除いて知名度が低い。歌は下手でも

ＴＶに頻繁に出演していれば、客は集まる。

さて、ぼくだが、アンパンマンコンサートなら黙っていても満席になる。昨年の漫画甲子園のかるぽーと、松山、徳島、岡山、福岡、長崎、沖縄等々どこでやっても超満員。

しかし、ミュージカル「涙のデュオ」では全くの未知数だから難しい。

それでもやろうと決心したのは、絶対面白いという自信と、もうひとつは不可能に挑戦することに興味があったからだ。

最初に「涙のデュオ」を上演したのは東京吉祥寺のライブハウスである。客席最大一〇〇、楽屋もない猫の額のようなせまいステージに生バンドをあげると、それだけでいっぱいになる。ここで宝塚風オーラスが出来るか？　あの電飾きらめく大階段を踊りながらスターが降りてくる夢見る昂奮（こうふん）がたった二人の歌手で、しかも資金ゼロで再現できるか？　という超難問を突きつけられた時、つい血が騒いでしまったんですね。「面白い！　不可能というならやってみようか」とつい見栄をはって答えたのが運のつき。大好評！　評判になって三鷹市の中劇場でも上演した。そして毎年七月の恒例上演になり、更に高知への最初の地方旅興行へとつながっていく。

　コンサートなら簡単だが、やせても枯れてもミュージカルは大変。大道具、小道具、衣装をトラック輸送、スタッフ総勢三〇名を移動させねばならない。宣伝もしなくちゃいけない。えらいことになりました。

　結果からいえば成功した。御覧になった人には納得していただけたと思う。下は四歳から上は八〇歳くらい迄（まで）の幅広い年齢層の人たちからうれしい反響を沢山（たくさん）いただいた。

　多くの人々の助力のおかげである。高知学園短大の星野絹枝さん、安芸市のユニオンの皆さんには本当にお世話になった。ぼくは義理と人情の昔タイプの人だから、他日この恩には報いたい。

消える散髪屋

なぜ散髪について書くのかというと、拙宅から歩いて一分のところにあった散髪屋さんが消えてしまったんですね。

要するにお客さんが少なくなったので、土地を処分してマンションを建てることになった。ぼくは散髪は年に二度ぐらいしか行かないんですね。でも歩いて一分のところにあるのは便利だ。散髪してシャンプーして顔を剃（そ）ってもらう。四十年も通っているから、鏡の中の顔はいつの間にか二人とも老けている。

「うちの孫が三歳になるんだけどさ。もう、アンパンマンが大好きなんだよ。パパ、ママより先にアンパンマンおぼえちゃってさ」

「へえ、そりゃいいや。またファンが増えたんだ。うれしいね」

「うれしいねったって旦那も頭うすくなっちゃったねえ。もう、ごまかせねえや」

「おたがいさまだろ」

なんてくだらない会話をしながら、首筋から肩にかけてトントンと叩（たた）いたり、マッサージ

してもらっているうちにねむくなり、ついウトウトして眼が覚めると、きれいさっぱり仕上がっている。

これが散髪のいいところで、昔の床屋さんは親爺に名人肌職人気質の人が多く剃刀の使い方があざやかだった。中には耳掃除の名人なんていう人もいて、細身の耳穴用の剃刀で耳毛まできれいにしてくれたものだ。

そんなノスタルジーはさておくとして、隣の散髪屋が閉店してしまったので町内には散髪屋が一軒もなくなってしまった。

遠くまででかけるのはおっくうだし、黙って座ればなんにも言わなくても自分の好みの髪形にしてくれる昔馴染みでないと不安だ。

えい、面倒だ。散髪はやめた！

でも髪は伸びるから、そのままだと原始人みたいになってしまう。

伸びたら自分で鋏でカットする。

幸か不幸か毛髪量が若い時のように多くないから、それで充分間にあうのは情け無い。

ヘヤスタイルは勿論きちんとはできないが、いかにも散髪したばかりという感じは好きではないから、ま、いいかということにした。

ところでぼくの散髪トラブルは一件落着したが、昔ながらの床屋さんの数は減っているような気がする。

しかし、若者のヘヤスタイルは千変万化。ベッカムスタイルみたいのもあるし、茶髪、金髪、銀髪、マダラ、その他なんでもありだ。

どんなに奇抜な髪形を見ても少しもびっくりしなくなった。

ああいうのは散髪というんですかね。

国会議員でもチョンマゲの人もいるし、わざわざ坊主頭にする人もいる。

昔気質の職人散髪屋が絶望して閉店するのも無理はない。しかし普通のおじさんスタイル髪形の人の街ではまだ散髪屋が健在なんでしょうね。いいなあ。

ヘタロバ

ぼくは老境に入って眼と耳が悪くなったので今は絶対におことわりしているが、もう少し前のまだ眼と耳が健全だった頃には、時としてコーラスとか喉自慢の審査員をしていたことがある。もちろんぼく以外の審査員は作曲家、音楽家、歌手といったプロの皆さんで、ぼくは素人代表みたいな感じで枯れ木も山のにぎわい、刺し身のツマのようなツマらない存在でしかなかった。漫画家というのは便利なところがあって、文化人ランクでありながら軽くて使いやすいのである。

ぼくに音楽が解るわけがない。ぼくはただ聞いていて気持ちがいいかどうか、歌に魅力があるかどうかという点だけで判断するしかない。ところが実際に審査してみると難しい。

Ａの歌手は歌唱力抜群で声もきれい、容姿もいい。Ｂの歌手は音程は外れるし声もよくない、容姿も良くない。けれども魅力がある、心にひびいてくるものがある。

この場合、ＡとＢとどっちに高点をつけるのか迷ってしまうんですね。

ある時、ひとりの歌手はこれは相当クラシックの修練を積んでいるなということが解る歌

いぶりだったが、どうも「どうだ、うまいだろう」というところがいやだった。

一方の歌手はもう相当の年配の老婦人だったが、いかにも素朴で一生けんめいという感じでいじらしい。ぼくは聴いていて涙ぐんでしまった。

さて、どっちに高点をつけるか、これが難しい。

結果は老婦人の方が合格であった。

敗けてしまった前者の歌手は「この審査は納得できない」と審査員にクレームをつけたが、この時の審査委員長がどう説明して結着をつけたか末席のぼくは知らない。

絵の方にもヘタウマというのがある。絵そのものは下手なんだけれど、技術の優れたうまい画家よりも人気がある場合がある。

芸術というのは微妙だ。ただうまければいいというものではない。スーパーリアリズム展で写真よりも精密な画風の絵が並んでいるのを見るとなんか疲れてしまう。

さて、ここから急にぼく個人の話になる。ぼくの絵はヘタウマ画風ではないが、さりとて巧いという絵でもない。まったく中途半端でどうしようもない。凡才だからしかたがない。

最近は歌もうたっている。実に図々しいと自分でも呆れかえるが、これは箸にも棒にもかからない。趣味のミュージカルというので高知で公演した。その後で観客の感想文を読むのが実に楽しい。思わず笑ってしまうのもある。安芸市の川谷さんの感想は、「やなせ先生の唄はおせじにもうまいとは思いませんがダンディーでとてもステキでした」と書いてあった。褒めたのかけなしたのかよく解らない。ぼくもＶＴＲ録画したものを再見してみると自分の下手さにびっくりする。歌っている時はいい気持ちで気づかないが、第三者の立場で冷静に見るとがっかりする。ヘタウマの面白さもなくてヘタロバである。でも、馬よりロバが可愛いと思う人もいるしね。

SARSにアンパンチ

医学は絶えず進歩している。それまで不治とされていた難病も治るようになった。ところがバイキンの方も次から次へとニューフェイスが登場して人類を攻撃する。新型肺炎ＳＡＲＳは特にアジアを中心にして猛威をふるっている。ぼくも台湾旅行とか、いくつかの企画がキャンセルになった。

バイキンは姿が見えないから不気味だ。

説得することもできない。

うっかりすると人類が絶滅する危険さえあるから恐ろしい。戦争なんかやってる場合じゃないんですね。人類共通の敵と戦わなくてはいけない。

ところがバイキンの中にも善玉菌と悪玉菌があって、バイキンを全滅させると、人間そのものも生きていられない。

健康であるということはバランスがとれているという状態で、これは漢方医学の精神と一致している。

ところでぼくのアンパンマンにはバイキンマンというキャラクターが登場する。

アンパンマンはバイキンマンをアンパンチで撃退するが、このアンパンチにクレームをつけたお母さんがいる。

「アンパンマンはアンパンチの暴力で解決するのは許せない。子どもにはこんな暴力的なアニメは見せない」 ぼくはこのお母さんに聞きたい。

「それではあなたのお子さんが風邪をひいた場合、あなたは風邪のウイルスをやっつけないで許してやりますか？」 たしかに暴力はよくない。しかし病気になった時バイキンをそのままにしておけば死んでしまう。なんとかしてバイキンを身体の外へ追放するか、攻撃するしかない。

やむにやまれぬアンパンチ！ということになる。

しかしバイキンマンはふっとばされても、次の週には平気な顔でやってきてまた元気に大あばれする。

だからアンパンマンとバイキンマンは光と影みたいな関係といえばいいのかな。

バイキンマンは相手かまわずだが、アンパンマンは決して他のキャラクターを攻撃することはない。だからお母さんは、「アンパンチは絶対に弱い相手にふるってはいけません。でも病気になった時は負けないでバイキンをやっつけましょう」と言うのが正しいのではないですか？　ぼくはバイオレンスは好きではない。

しかし、人類を絶滅させるおそれのある相手とはどうしても戦わなくてはならない。

なんか今回はえらそうに理屈を書いてしまったようで恥ずかしい。

ぼくは吹けば飛ぶような漫画家に過ぎない。血も涙もハナクソもある欠点だらけの人格で教育者ではない。けれどもＳＡＲＳのようなバイキンはやむにやまれぬアンパンチ！　そしてＳＡＲＳに似た社会的悪も容赦することは決してできないと思っている。

突然歌手

今年の夏のアンパンマン映画は「ルビーの願い」と「怪傑ナガネギマンとドレミ姫」の併映である。

いつものようにテーマソングはぼくが作詞した。「とべとベルビー」と「ドレミ姫」である。ドレミ姫の方はドレミファがくりかえしてでてくる楽しい歌になった。

さて、「とべとベルビー」の方であるが、「今年はアンパンマン映画15作めでTV放映15周年の記念映画だから作曲も作者のぼくにやらせてくれ」と言った。

スタッフ一同腹をかかえて大笑い。

「またまた先生冗談がキツイなあ。作曲はいつもコンペで秀作をえらんでるじゃないですか。先生は素人だし、無理、無理」なるほどぼくは素人で楽譜も読めないが、作品の性質は一番よく知っている。

メロディーは自然に浮かんでくる。

「とにかく試作して自宅で録音しておくから聴いてみてよ」そしてぼくは作詞作曲して録

音して聴いてもらった。

そして無事ＯＫ！　ま、原作者だから甘くしたんでしょうね。

でも、とても単純で誰でも歌いやすいと思う。ヒロインが赤い鳥に姿を変えられて、オーロラの国から地上へ追放されて嵐の中を飛ぶ時に歌うのだから、小鳥の羽ばたきにあわせたリズムとメロディーにした。

もっとも、アレンジはとてもぼくでは無理なので、プロのミュージシャンに編曲してもらったんですけどね。

映画のテーマソングの作曲をするのは初体験である。失敗だったらぼくの全責任だから、胸が痛い。心配でたまらない。

それならやめとけばいいのだが、やむにやまれぬ大和魂（そんなものアリか？）でやってしまった。

最近、時々お遊びみたいに作曲をしている。

ごめん・なはり線の「いいなあアキ」、「ルンルンなはり」、高知県の防災の歌「みんなでまもる」も作詞、作曲した。

ぼくは作曲法なんて知らない。勉強したこともない。とにかく聞いていて気持ちが良ければそれでいいのではないかと思っている。

素人の怖いもの知らずというところで、プロのミュージシャンになる気は少しもない。ところが、最近は歌も歌うのだから呆れたものである。自分でもいったいこれはどういうことなのか、狂気の沙汰ではないのかと反省するが、仕事場にとじこもってコツコツ仕事ばかりしていると、どうもウツの状態になる。

たまには発散したいがゴルフ、ギャンブルすべて駄目で、女も酒もいけないし、年とってしまって体力はないしで自分でも思いがけない方向へ突然いってしまった。

今のところ本人は面白くてたまらないが、聞かされる方はたまったものではないと同情を禁じ得ない。ごめん駅でごめん！である。

やむなく聖人

今年の夏はちょっと異常なほど忙しかった。毎年夏は忙しくてこのシーズンが終わるとほっとひと息ついて、「これで今年一年はなんとか生きのびられるかな」なんて思うのは情け無い。

若い時はそうではなかった。

仕事なんていくらでもやってやるぞで、夏は特に元気溌剌(はつらつ)！　新陳代謝が良くなって流れる汗が気持ち良かった。

今はといえば快適な季節はほんの少しで、夏は完全にバテてしまって夏休みはやはり必要だと痛感する。痛感するのだが全く休むことはできないんですね。

日本橋三越店、高松三越店、石巻市の石の森萬画館、武蔵野市立吉祥寺美術館でアンパンマン展がほとんど同時開催。この他(ほか)に日本橋丸善本店、岡山県のいがらしゆみこ美術館で小品展があり、八月七、八、九、十と高知で漫画甲子園の審査委員長をしてコンサートもしたというのだからメチャクチャですよね。

体調はいつも不良だが、なぜだか見た眼は元気そうに見えるらしくてほとんど容赦せずに強行スケジュールを押しつけられる。

もちろんぼくの本職は仕事場で絵を描いたりストーリーを考えたりすることだから、こっちの方をおろそかにすることはできない。

困ったもんだと思いながら、内心この忙しさと疲労困憊をよろこんでいるところもあったのだからこの職業は因果だなあ。

この世に自分が存在して生きている以上は生命がけで仕事しなくては意味がない。

こなしきれないほど仕事の注文があるのは感謝感激するのが本当ではないか。

だからハードだ!なんて言いながら、自慢してうれしがっている面もあるわけで、そのあたりを反省すると「いやな奴（やつ）」と自分のことが恥ずかしくなる。

いったい何を言いたいんですかね。さっぱり自分でも解（わか）らない。

この頃（ごろ）仕事の限界を少し超えたような気がする。このままでは或（あ）る日突然倒れる恐れがある。解っちゃいるけどやめられない。

畏敬（いけい）してやまない友人手塚治虫氏もいずみたく氏もオーバーワークでこの世を去った。

ぼくは彼等のような天才ではない。

ごく平凡な才能しかない。たまたま運が良くてアンパンマンという稀有（けう）なキャラクターに人生の晩年になってから巡り逢（あ）えたおかげで今頃になって忙しくなった。でも時既におそいから、体力がおいつかない。何度かダウンして、そのうちに眼と耳も悪くなってしまって、せっかく売れてきたのにいつも不安でひとりでは行動できないからツキソイ同伴である。

しかし、もしも若い時に売れていたら、元来が軽薄な人格のせいで有頂天になって、得意満面、悪い遊びもしたにちがいないから、これでよかったのかもしれませんね。

今は余力が全くないので、やむなく行動をつつしんで聖人君子の暮らしぶりで面白くない。

売れたら困る

ぼくは子どもの時から音楽の成績が悪かった。我家の血脈は大体において音痴系で、みんなあまり歌は上手ではない。

それなら歌は大嫌いかといえばそうではなくて、下手の横好きみたいなところがあったのは困ったものである。

とにかく音楽はぼくの数多い弱点の中でも上位にあって、コンプレックスが強かった。音符の読める人、ピアノのひける人は文句なしに尊敬していた。

まあ、そんなこんなで人前で歌うことはなく、カラオケも全く未経験である。

まして作曲は夢のまた夢の世界であった。

ところがどういう風の吹きまわしか、突然、作詩作曲して自分の歌を歌うようになった。シンガーソングライターと名乗るのはおこがましいが、年末にＣＤアルバムを２枚発売することになった。

まさか、この年で歌手デビューとは世界的にもあまり先例がないのではないか。

血迷っているとしか思えませんね。

自分でもまだ狐につままれたようで他人事みたいな気分である。

ふとした偶然からライブのミュージカルを手伝うことになり、劇中で歌う歌の作詞をしているうちに、作曲もはじめた。

作曲といったって、メロディーをテープに録音して、それを採譜してもらって楽譜にしているんですけどね。

作曲法なんて全く知らないが、要するに歌っていて気分が良ければそれでいいんじゃないかと思う。

ＴＶで歌謡曲を聞いてると盗作と言われてもしかたがないような似たメロディーが多い。

それならば、あまり神経質にならずに、自分の好きなようにつくればいい。どうせ作曲のプロではないし、売れるわけもなし、気楽にいこうぜとまず一曲つくってみると、意外と評判がいい。ノリやすい性質だから面白くなって次から次へと作曲して、自分でも歌うことになった。自分の曲なら少しぐらいまちがっても怒られないから気楽である。

歌うというのはいい気分だし（聞いてる方はめいわくだが）、お世辞を言う人もいて、積極的に人前で歌うようになった。

ＴＶの喉自慢でいえば「お爺ちゃん、お元気ですねえ、声がお若い」なんてお世辞言われて大笑い。熱演賞もらって「冥土の土産にします」なんてうれしがるのが似あう年頃なのに、赤いタキシードとか白い燕尾服までオーダーしたのは世間の物笑いのタネである。

そのあたりのことはよく解っているが、止むに止まれぬ大和魂というか、いつのまにか話がトントンと進んでしまった。

ラジオでも得意になって「ぼくは歌手デビューする」と宣言したから後へ引けない。

突然歌手は心の中で「もし歌手として売れてしまったら現在の仕事が続けられない。困ったなあ」と心配しているのは笑止である。

そんなこと万にひとつもあるはずがない。

歌手デビュー騒ぎ

昨年十一月二十二日にバップレコードから「いいなあ安芸」というタイトルで五曲入ったCDアルバムが全国発売になった。「いいなあ安芸」「ルンルン奈半利」「とべ！ボール君」「ごめん駅でごめん」「走れ！漫画列車」の五曲とそのカラオケが入っている。作詞は全部ぼくだが、はじめの三曲は作曲をして歌っているのもぼくだから空おそろしい。

そして更に十二月二十六日にはキングレコードから「ノスタル爺さん」のタイトルで十二曲入りのCDアルバムが発売された。

これも全曲ぼくが作詞のやなせたかしオリジナルソング集である。ラストに入っているてのひらを太陽に（いずみたく作曲）以外はすべて新作。作曲と歌手を担当している。

なぜこんなことになったのかさっぱり解らない。レコーディングは全部終わり、歌詞カードの編集をした。CDジャケットのデザインも勿論ぼくである。

考えてみればジャケットデザインと歌詞カードに入れるカットを描くのはぼくの本職で、歌と作曲は全くの素人なんですね。

ほんの三年前までは作曲とか歌うとかは夢のまた夢、冗談としか考えられない異次元の世界だったのにね。

まさか八十四歳という高年齢になってからシンガーソングライターとしてＣＤデビューすることになろうとは自分でも信じられない。

あまり前例がないのではないのかなあ。

はじめは完全に冗談半分でね、いい年して派手な服着てチャラチャラして「俺は新人歌手だぞ」なんてギャグにして笑わせていた。

作曲なんてぼくに出来るわけがない。

何しろ音楽的素養がゼロだから怖いもの知らず。浮かんできたメロディーをＭＤに録音しておいて採譜してもらう。これで作曲とはさすがにおこがましいのでミッシェル・カマという外国人みたいなペンネームにして、仲間と大笑いして遊んでいた。

歌手の大和田りつこさんと岡崎裕美さんに依頼されてライブハウスのショートミュージカル「涙のデュオ」の作、演出をした時、どうしてもマが空きすぎるところがあり、自作のオリジナルソングでつないだのがきっかけになって深入りしてしまった。

軽薄な性質だからCD発売記念コンサートを一月十一日午後一時から赤坂プリンスホテルで盛大にやった。

このコンサートは高知でも一月二十四日に安芸市での公演が決定している。

思いがけない方向へどんどんいってしまうので内心不安もあるが面白い。

しかし、もしこの歌がヒットしてオリコン一位なんてことになったら（あり得ないが）困る。歌手にも作曲家になる気も皆無である。

仕事場で絵を描いている方が、身体もラクだし収入も安定している。

一種のホビー、下手で当然、馬鹿（ばか）な奴と笑っていただければおなぐさみである。

無理若丸

ぼくは今年で満八十五歳。信じられないような年齢になったが、仕事は年々増えていく。

最近は「お元気の秘密は？」とか高年齢についてのインタビューが多くなった。

恥ずかしいですね。老人であることがセールスポイントとは情けない。

ぼくらの仕事に年齢のハンデはない。

しかしさすがに体力は衰えた。

十病人である。白内障、緑内障、耳鳴り、難聴、腎臓結石、心筋梗塞、糖尿病、膵臓炎、座骨神経痛、ヘルニヤ等十種類の病気持ちで毎月、眼科と内科に通院している。

これに加齢による老衰が加算されるから、明日をも知れぬ身の上である。

でも、こうなったら覚悟はできてしまって一日一日、今日はどうやって楽しもうかと考えるようになる。

今が大切、この一瞬が貴重だから、思い悩んだりして空費するのは勿体ない。

オシャレも精いっぱいする。

もう老後に備えて貯金しなくていい。完全な老後の生活に入ったから、ケチケチしてもしようがない（似あいませんけどね）。赤いベストとマフラーなんて若い時は恥ずかしかったが、今は平気である。

座骨神経痛をこらえながら、ステージで踊ったり歌ったりする。

不思議なことにそういう時は全然痛くない。なぜなんでしょうね？　よく解らないが、無理に若ぶってはねまわっている。無理若丸である。

避けられない老衰の長刀をふるって、死神のベンケイが切りかかってくるのを、とてもひらりひらりとは身軽にかわせないから、ここと思えばまたあちら、ごまかしながら無理若丸はチャンチャンバラバラ。

歌手もやれば芝居もする。世間の物笑いのタネになったとしても、所詮（しょせん）しがない漫画家稼業、笑ってくだされば本望である。

勝手な理屈をつけて、開き直ってしまえば怖い者なしで、ハハ呑気（のんき）だね。

怖いのは戦争、SARSと牛や鶏の奇病である。これにはさすがの無理若丸もかなわない。恐怖におののいてしまう。

人間はあまりにも人間のためにすべてを犠牲にし過ぎた。鯉（こい）の大量死、鶏のインフルエンザ等々は人類終末の予兆かもしれない。

人間自身も内部崩壊が進んでいて、理解に苦しむ陰惨な犯罪が多発している。

さりとて、無力で明日をも知れぬ運命の無理若丸の体力は限界に近づいている。

ねむれぬ夜、自分の愚かな行動について反省して自戒することがある。

ぼくの人生はもう終わりに近いからいいとして無邪気にはねまわっている子ども達の未来はどうなるのか？　せめて余生は子ども達の為（ため）に清潔で健康な環境をつくる仕事を手伝っていきたい。

無理若丸は無理を承知で無理に願う。

第2章

最後は勝つと信じて

星屑同窓会

同窓会といっても学校の同窓会ではなくて、ぼくが三十年間編集長をしていた月刊誌「詩とメルヘン」の同窓会なんですね。

「詩とメルヘン」は二〇〇四年ついに休刊になったのですが、詩とメルヘン育ちの詩人やイラストレーターたちはみんな仲が良くて心の中では今もしっかりとつながっています。

編集長とは名ばかりで、実は表紙の絵とデザイン、すべての選と選評、豆カット、イラスト類、インタビューもやれば、時には連載メルヘンも担当するという、雑務係の用務員みたいな存在で、編集費を節約する為にほとんど無料、レイアウトマンよりも安いギャラ。

それでもその中から新しい才能が育っていくのを見るのはうれしかったですね。編集方針はあく迄も抒情詩的な美しい感性。

まわりからは少女だましの甘い編集だと嘲笑されるか無視されながらの三十年でしたが、この雑誌からは予想以上に多くの星が巣立っていきました。流行児になっても詩とメルヘンから離れず、年に一度の星屑望年会は盛会で（忘年会ではない）面白かった。

詩とメルヘンが休刊になってしまっても、会は続けたいという声が多くて、赤坂プリンスホテルの星屑同窓会になりついでにぼくのバースデーパーティー。

普通のパーティーだと、パーティーの途中で退席する人が多いのですが、星屑パーティーは最後まで帰らないどころか、中にはホテルに泊まりこんで徹夜で話しあうグループもいて、こんなことなら「詩とメルヘン」は無理してでも自力で続けるべきだったかなとも思うのですが、一度クルマを降りてしまうと、寄る年波のせいもあり、気力が続きません。

ぼくはますます年老いて体力の限界にきている。特に眼（め）と耳の具合が悪くて大量の投稿の選をするとぐったり疲れる。心情がやさしくなり過ぎて、落選させる作品が気の毒で心がつらくてたまらない。全部入選させて喜ばせたい気持ちが先立って心労が重なる。

ぼくは今では古風なタイプの人間だから、沈黙しているのですが、コンビニにおいてある若者向けの雑誌とか、或（あ）る種のコミック本とかを散見すると、これでいいのかなあと暗然とすることがあります。

こんなものが本当に面白くて売れているんですかね。こんな雑誌に「詩とメルヘン」が負けていたのかと思うと情け無くて涙がこぼれます。

雑誌はなくなりましたが、香北町のアンパンマンミュージアムに隣接した「詩とメルヘン絵本館」は健在。

ここでは詩とメルヘン育ちのイラストレーター群の作品を時々展示。

そして浮沈の激しい激流のような世界でぼく自身も生き残っている。

ちいさな星屑でも集まればひとつの光になる。星屑同窓会のメンバーを見ているとまだ未来に希望はあると思いますね。

審査はつらい

加齢してくると審査員の仕事が多くなる。それも種々雑多で、なんだかわけの解らないのもある。オムレツコンクールなんていうのもあった。全員がいっせいにフライパンでオムレツを焼く。その焼きあがりぐあいを審査する。なぜこの俺がオムレツの審査なんかするんだと思っても親しい知人から頼まれるとことわりきれない。

郵政公社の貯金箱デザインコンクールの審査もここ数年している。

たかが貯金箱と思って審査会場に行くとびっくり仰天する。凝りに凝った作品が全国からずらり、この種の工作の技術は日本人は優れているのではないか。審査員のぼくには、とてもこんな工作は不可能だから、恥ずかしいですね。

ショートポエムの審査はするが、作文の審査は最近はおことわりしている。

読むのが大変なんですよ。眼が悪くなってしまったこともあり、ひどく疲れる。さりとて、いいかげんに読むのは失礼だから、一生けんめい読む。さて、どっちがいいかという優劣は大変に難しい。審査員によってちがってくる。それでは点数制にすればどうかというと、こ

れがまた正確ではない。五人の審査員が全員七点をつけた作品と、三人が十点で二人が0点という個性の強い作品の場合、全員七点の方が合計点が上になる。しかし、全員七点ということは、まずまず無難な平凡な作品であることが多い。

それでは話しあって討論すればどうなるかというと、発言力の強い人、或い（ある）は巨匠の権威に引きずられてしまう。内心ちがうなあと思っても内気な審査員は遠慮してしまう。

もちろん、ずばぬけた秀作があって全員一致ということもある。そういう時はうれしい。

壮快な気分になる。

さて審査員の審査料だが、これは賞金に比較して大体非常に安い。一種のボランティアで、お世話になった社会への恩がえしである。

審査するということは審査員の力量が試されるので、その点も実に恐ろしい。

できればやりたくないというのが本心だが、浮世の義理人情のシガラミもあり、仕方ないんですね。

月刊「詩とメルヘン」の編集長をしていた時は毎月ものすごい大量の詩と絵の選者をしていたので、審査眼はさておくとしてスピードは速くなった。ひと眼惚れというか、第一印象で決定する。時間をかけて思案しすぎるとかえって迷いが生じる。エイヤッ！と気合をかけて心眼で見る、なんてえらそうなこと言ってしまいました。

盗作を見抜くのはほとんど至難の業で、特にぼくのように他人の作品をあまり見ない人は無理。しかし、世間の眼はきびしくて盗作は必ずバレてしまう。審査員は面目丸つぶれで恥ずかしい。もう二度とやらないと言いながらまたやってるのはなぜですかね。

文明の罪

自分でも好奇心は強い方だと思う。新しいものが好きである。しかしそれなのに時代の流れの速さにとても追いつけない。

ノート型のパソコンを持っているが、原稿用紙に文字を書いた方が発想が流れやすい。いまだにコツコツと手描きである。少数派になってしまった。そのうち絶滅してしまうだろう。文学館に行くと文豪の肉筆の原稿を展示してあるけれど、その文字から故人の人柄を偲ぶことが出来る。彫心鏤骨の力作の修正の跡も鮮明に解る。

しかしパソコンではそうはいかない。せいぜい某先生愛用のパソコンなんて説明のカードがついて「へえ、この当時はこんな古いタイプのもの使ってたんだ」と感心する時代がほんの近未来にやってくる。

ぼくはメールぐらいは打てるから、やろうと思えば出来ないことはないが、鉛筆で文字を書いている方が面白い。現代では珍奇絶滅危惧種の方に組みこまれそうである。

先日病院の待合室で順番を待っていたら、隣の若いお母さんが、ケータイのメールで赤ちゃ

んを遊ばせていた。この世にオギャーと生まれた時から、玩具のように文字入力しているのだから、ぼくらの世代のようにパソコンの勉強なんか何もしなくていい。

英語圏で生まれた赤ちゃんは英語の勉強しなくてもいいというのと同じだ。

ところでぼくはケータイも持っていない。今でさえあわただしくて落ちつけないのに、やたらに呼びだされたくない。仕事も現在よりも増えるのはもういやである。

しかし、ケータイは発展途上国の方がむしろ発達してしまった。絶対に便利だからである。

その為(ため)に値段は安くなり、ますます普及した。今、世界的に地球の環境悪化が心配されている。自然にかえれとか、エコライフとかね。

ということは、発展途上国はこれ以上文明の恩恵を受けない方がいい。不便なままで我慢しろということになる。中国は猛烈ないきおいで近代化が進んでいる。その他の発展途上国にしても文化の恩恵をうけるなとはいえない。ぼくの場合も既に腰かけ式の水洗トイレでお尻洗浄装置のあるものでないと駄目になってしまった。階段を登らずにエレベーターやエスカレーターを使い、ほんのそのあたりまで行くのにもクルマに乗る。

こんな生活がいいのか悪いのかはさておくとして、便利で快適で豊かな生活を求めるのは当然で誰にもとめられない。

夜間に撮影した衛星写真を見ると明るく電気の光がきらめいている国と、ほとんど暗黒に近い国がくっきりと解る。

しかし考え方を変えれば、暗い国の方が省エネで地球環境にやさしい国ということになるが、そんな国でも核兵器を開発してみたりするから困る。

人間は自分の寄生している地球をよってたかって汚染してこわしているのだ。

哀愁の坂道

昔のぼくは病院へ行くのが嫌いだった。特に歯科へ行きたくなかった。痛くてがまんできなくなってから、やっと重い腰をあげた。

おまけに歯をみがくのも面倒で、朝と夜だけだった。そして甘いものが好きだったからみごとに虫歯になり、歯周病になり、歯ぐきから出血した。

ところが五十歳すぎてから突然改心して、コマメに通院するようになった。

徒歩で五分のところに片倉歯科があり、三代続いて現在は夫妻そろって腕と気質の良い名医である。

歯みがきも食後には必ずする。当然のことを今までやらなかったのは実に残念！　効果ははっきりとでた。ぼくは現在八十七歳だが総入れ歯ではない。自分自身の神経のある歯が十本はある。特に上の歯は差し歯はあるが、まず健全。下は左右の奥歯を含めて合計六本の義歯をブリッジにしてはめている。

ほんの少しでも歯のぐあいが悪いと、すぐに歯医者へ行って悪くなる前に修理してもらう。

さて、ここまでが実は前説なんですね。
歯科医院までは徒歩五分だが、これが津之上坂というゆるいスロープになっている。八十七歳という年齢になると、このスロープを登るのがきつい。室内作業で足が弱っている。そして雪が降って歩道につもればすべる。
ぼくの性質はみえっぱりで、ヨボヨボになっても細身のジーパンでスニーカー。弱味をみせず、背筋を伸ばしてスタスタと無理して歩く。実は息ぎれして胸がくるしい。
歯科の施術は終わって、帰るということになると「道がすべるから危ない、お宅に電話して迎えにきていただきましょう」と言われた。

「なんのこれしき、平気の平ちゃん、お茶の子サイサイ、お心づかいは無用です」とイキなことを言ってとびだしたのだが、なんと歯科のアシスタントの若いおねえさんがおいかけてきてサポートしてくれたのである。

世間からみれば、まぎれもない老人だから当然といえば当然だが、こっちの気分は複雑で「まだ老人ではない」と老人あつかいされるのが不満なのと感謝の気分が交錯する。

空港では「車椅子（いす）をご用意しましょうか」と言われ、ＮＨＫでは到着すると出迎えに来た人が「今日は高齢の方が出演するというので心配でお迎えに参りました。歩けますか」と聞かれる始末。

なさけない。泣きたくなるが、仕事となると全く容赦なく無理な注文をされる。

老齢だからといってハンデはつかない。シニア部なんてない。

このとんでもない落差の中で、いたわられたり、酷使されたり、尊敬されたり、軽侮されたりしながら晩年の人生を過ごしている。

ほんの少し前まではこんなことはなかった。凍（い）てついた残雪の坂道を若い女性にサポートされて歩きながら、ぼくは顔は笑っていたが、心には哀愁がこみあげてきたのである。

困った老人

ぼくが昔、幼児であった頃には（本当に幼児だったのか今では信じられない）お爺さんお婆さんというのは別世界の人だった。

故郷は高知県香美市の香北町・山峡のちいさな町、お爺さんお婆さんはみんな桃太郎やカチカチ山にでてくるお爺さんお婆さんに似ていた。

朴ノ木に住んでいたぼくの祖母は川で洗濯もしていたが山へ柴刈りにも行き草むしりをし、畑をつくり、朝は早くから夜おそくまで働き、雨の日はせっせと藁を打ち、鶴の恩がえしのツウみたいにトントンタンタンとはたおりをしていた。

庭では雄鶏が雌鶏をしたがえてクックックッと鳴きながら快活に散歩。

夏はぶどう棚に青いすっぱい野生のぶどうの実がぶらさがり、育ちすぎたアスパラガスの茂み、そしてやはり野生の梨の木、ちいさな池には鯉が泳ぎ、鳳仙花の実がはじけた。

お爺さんもお婆さんもみんな孫のぼくに甘く優しかった。夢ですね。桃源郷のような生活。全員昔のおとぎ話の中の登場人物。

ところで、ぼくは今年ついに八十七歳、その頃のお婆ちゃんの年齢を超えてしまい、まぎれもない超老人、翁（おきな）という仙人みたいな境地に入った。

しかし八十歳を超えてもぼくは童話の中のお爺さんや、故郷にいたあごひげ白い優しいお爺さんにはなれなかった。

成熟しないんですね。最近の成人式の若者みたいに未熟。お恥ずかしい限り。

相変わらず軽薄だし、美しい異性を見ると胸がドキドキする。描いている作品はアンパンマンシリーズが大部分だから、ファンは幼児で、本人も幼児っぽくなってしまった。

それはそれでまあいいかと思うが、困ったことに肉体年齢の方はみごとに老いていく。

視力が弱くなり、耳がきこえなくなった。足が弱くて百メートルで息ぎれする。物忘れがひどくて人の名前がおぼえられない。

やたらに病気する。一年に数回入院して手術、全身傷だらけ。

しかし、ケイタイとかパソコンができない。メールぐらいは打てるが、ちいさな字を見るのがきつい。

精神は幼稚で、身体能力は老人だからチグハグでね、世間の常識から外れる。

まだ細身のジーパンにスニーカーという似あわないスタイルが日常で、ステージでは白い燕尾服着たりするからあさましい。

ぼくは花咲爺さんのように桜の木にするするとよじのぼって灰をまいたりすることは不可能。昔のひとは元気だ。

桜の木にはよじのぼれないが一年に五回ぐらいステージで踊ったりするのは一種の健康法で、この世の愁いを忘れる。

ところが録画したビデオを再生すると、まぎれもない老人がよろめきながら下手くそな歌を歌っている。まことに見ぐるしい。それではもうやらないかといえば、「この次こそうまくやるぞ」と思うのだから困ったものである。

好奇心

昔から新しいものが好き。好奇心が強い方ではあった。家庭電気製品とかカメラとか新製品がでるとソワソワして落ち着かなくなる。

これは困った性質だが、ぼくのような職業をしていると、時代におくれてしまうとおしまいだから一種の職業病みたいなものかもしれない。先日もデパートへスリッパを買いにいったら、スリッパ売場の隣でロボット電気掃除機を売っていたので軽はずみに衝動買いをしてしまった。ロボットといっても外見は直径三十センチぐらいの円盤である。

スイッチを押しておくと部屋の中を隅から隅まで掃除する。微少なゴミまで全部ていねいに吸いこむので、フローリングの床はワックスをかけたようにピカピカになる。じゅうたんの場合はくっきりとジュータンの織目が浮きあがってくる。たちまち気に入って五台買って各部屋に置いた。掃除しているところもとても可愛い。こつんこつんと椅子に腰かけているぼくの足に突きあたり、センサーで感知して方向転換していく。

もちろん欠点もある。部屋が散らかっているとなんでも吸いこんでしまうので危険。段差

のあるところを自力で乗りこえられない。壁面とか、たとえば棚の隅とかのゴミを吸いとったりはできない。平面に限る。

けれどもベッドルームのベッドの下とか、そこに置いてある家具の下に約八センチの高さの空間があれば、もぐりこんで清掃する。

掃除が終われば自動的に基点に帰ってきて充電する。その姿がとてもいじらしい。

これはほんの一例だが、電化製品の進歩はめまぐるしい。さすがのぼくも最近は息ぎれしてついていけなくなった。

インターネットで動画の配信がはじまった時、早速テスト作品を何本か試作したが、最近はケイタイでコミックが見られる。ぼくにも依頼があった。実はケイタイ用の連載コントの注文もあった。

やってみたいという気分も動いたが、この頃眼が悪くなり、視力が落ちたので思案した結果辞退した。現在以上に仕事の種類と量を増やすことは残念ながらもう限界。

現在ぼくがしている絵本の仕事にしても、いくらかはパソコンの助けを借りないとできなくなった。アンパンマンのアニメもデジタル化してセル画の時代は終わった。

これからもぼくは新型の家庭電化製品が市場にでればまたソワソワして落ち着かなくなり、無駄な衝動買いはするにちがいない。

しかし仕事の方はもういい。

古いタイプのまま、鉛筆で一枚一枚消しゴムを使って修正しながら描き続けていく。

メディアの変化につれて自分も変化していくことには疲れてしまった。

時代の流れに置き去りにされてしまうとしてもしかたがない。

好奇心が強く精神が老いなければそれでもなんとか仕事はできる。ありがたいことだ。

帯状疱疹

名前を知っているだけで自分とは「えん」も「ゆかり」もないと思っていた病気に突然おそわれてびっくりする。夏の終わりに帯状疱疹（ほうしん）にやられて入院してしまった。実はそれ以外にも膀胱（ぼうこう）に腫瘍（しゅよう）が発見されて、内視鏡によるオペを受けることになっていた。糖尿病内科の通院もしていたので三重苦になってしまった。

病気は大嫌いだし、全部つらいのだが帯状疱疹という初見の病気にはうちのめされてしまった。ボクシングでいえばボディー・ブローが効いてきてふらふらになっているところへ、必殺のKOパンチをくらってダウン寸前のところをゴングに救われたという感じかな。

ご存じない人のために説明すると、帯状疱疹とはヘルペス・ウイルスによる帯状の有痛性発疹で、肋間（ろっかん）、頸（くび）、座骨部など一定の末梢（まっしょう）知覚神経に沿っておこり、小水疱が群生し、所属リンパ節が腫れる。

これは実は誰にでも起こり得る病気なのだが、健康な人は全くなんの異状も感じないで過ごせる。しかし免疫力が低下すると潜伏していたウイルスがあばれだす。

実はぼくは免疫力強化の注射も受けていたし、全く安心していたんですね。

それでも病魔は防げない！　しかも相当な重症でぼくの場合は左顔面をやられてしまった。五種類の抗ウイルス剤の点滴でなんとか帯状疱疹そのものは鎮静したが、後遺症として顔面神経痛が残ったのがつらい。いやあこれがひどくてね。口の中が痛い。特に舌と唇が痛い。まいりました。なぜこんな病気にやられるのか、苦しむのか、この身の因果を嘆くばかり。しかし病気になってみるとつくづく生命の有難さ、大切さが解る。

それにぼくはアンパンマンシリーズをかいている。要するに物語のテーマはばいきんまんとの戦いのくりかえしで、アンパンマンはばいきんまんにメチャクチャやられてしまい、「ジャムおじさんに知らせて」と悲鳴をあげる。そして新しい顔にとりかえると元気百倍ばいきんまんをやっつけるというパターン。

作者が自分の人生で作品をつくるとすれば、ぼくがばいきんまん（ウイルス）と戦うのはごく当然のことで、これもまた自分の宿命かもしれないと思った。そのへんから悟ってしまったというか、少し落ち着いてきて、ペインクリニックの治療を受けはじめた。

ペインクリニックというのも今までは他人事で、まさか自分がこの治療を受けることになろうとは夢にも見たことはなかった。

ペインクリニックというのは文字どおり痛み専門の治療だが、神経ブロックというからたちまち痛みがブロックされるのかと思うとそうではなくて、レーザー当てたり注射したり薬飲んだり軟膏（なんこう）つけたりの長期治療で根気が必要。気長に続けなくてはならないから大変。

しかし外見的には顎（あご）にいくらかセピア色の斑痕（はんこん）を残すのみで他人には理解できない。しかしぼくはアンパンマンの作者だ。最後は勝つと信じている。

びっくりぜんざい

昔のことはほとんど忘れてしまった。それでもある部分だけは鮮明におぼえている。記憶はマダラ模様になっている。すべては夢のようで今はそれが本当にあったことなのかさえさだかではない。

ぼくは旧制城東中学校を卒業している。図画の先生は牧ケ野先生で渦巻眼鏡の強度の近視だったが、水彩画の達人で話が面白かった。

ぼくらはよく高知城へ写生にいった。ぼくが追手筋の並木道で道に座りこんで絵を描いているとパラソルをさして通りかかった着物姿の若い女性がぼくの絵をのぞきこんで、「いやあ、この子絵が上手やわあ」と言った。ただそれだけである。ただそれだけなのにくっきりとその日のことを覚えている。

うれしくて胸が高鳴った。

その頃(ころ)ぼくは牧ケ野先生の影響をしっかりうけて風景画を描くのが大好きだった。それなのに現在のぼくは全く風景画は描けない。

漫画家や絵本作家になっても風景画の上手なひとはいる。フランスのメビュースなんかもSF的なメカを描くのも上手だが、普通の風景画を描いても決してファインアートの画家に劣らないいい味の絵を描く。

あの追手筋の眠そうな昼さがり、通りすがりの女性に賞(ほ)められてその時画家になろうとあこがれたが、やがて成人してこの世界に入ってみれば天才、鬼才の中で自分の絵の才能など取るに足りないことを思い知ることになる。

曲がりなりにも別の道に進んで、なんとか生計をたてていられるのは本当に幸運だったと神に感謝している。

それからもうひとつ奇妙なことを覚えている。ぼくはＪＲの後免駅から高知市まで汽車通学をしていたので学校が終わると必ず新京橋の商店街をぬけて映画館の看板なんか見ながら時間をつぶして帰るのである。映画が娯楽の王座だった時代で映画の看板も派手だった。その中では世界館の看板の絵が一番上手と思った。その世界館の近くに「びっくりぜんざい」というのがあって、髪の毛が逆立つほどびっくりした男がテーブルのぜんざいを見て双手をバンザイしている。

絵は上手ではなかったがこの絵が強烈に印象に残った。

なぜこの男はぜんざいを見て総毛だつほど驚愕しているのだろう？　びっくりぜんざいとはどんなぜんざいなのかと不思議でたまらなかった。

しかし中学生のぼくはこのぜんざいを食べたことがない。ちからうどんのちからとは何かとこれも謎だったが、間もなくそれは餅のことだと理解してがっかりした。

なぜこんなことを言っているのかというとぼくが現在住んでいる四谷の新宿通りに「びっくりずし」という看板を発見して、そこには絵は描いてなかったが、突然びっくりぜんざいを思いだしたのである。今はもうびっくりぜんざいはないでしょうね。

ドキドキ

詩とメルヘン絵本館が今年で十周年になる。アンパンマンミュージアムの影にかくれていてあまり目立たないが、この小美術館があるために都会でもめったに見られない絵本の原画展や多彩なイラストレーターの原画をこんな静かな自然の中でゆっくり見ることができるのはよかったと思う。ぼくの子ども時代にはそんなことは全くできなかった。

十周年記念に何かイベントをやりたいと思ったが、さて何をやったものかアンパンマンショーのような派手なことはできない。

館の発案で花の詩を募集して五十編の入選作に詩とメルヘン関係の現代の第一線イラストレーター五十人に絵を描いてもらって詩と絵の展覧会をやることになった。これは進行中でお楽しみいただけると思う。

ところがもうひとつ「ガンバリルおじさんとホオちゃん」という絵本をつくったことで別の企画を思いついた。

このへんがゆきあたりばったりで気まぐれな自分の性格の軽薄なところだが、詩とメルへ

ン館の前の庭に朴の木を植えたくなった。

絵本はホオノキがテーマになっていて、ぼくは在所村朴の木の出身なのにほんもののホオノキを見たことがない。ぜひ植えたくなって相談すると、植樹祭をしようということになった。

植樹祭ということになれば、少しカタチをととのえて絵になる風景にしないと取材にくるカメラマンに申し訳ない。

連鎖反応でホオノキの詩碑を建てることにしたが、突然おもいついたので製作期間が足りない。案を練っている時間がないので一日で詩をかき絵をかき、詩碑のデザインと大きさも独断で決めてしまった。

自分の仕事をふりかえって反省してみると恥ずかしくてたまらない。いつもどこかしらいいかげんである。今度のホオノキにしてもインターネットや、図録で調べただけで山の中に入って実際にホオノキの生えているところを見にいくことをしていない。

木曽の名産、朴葉餅も食べていない。

桜餅、柏餅、椿餅、笹団子等々木の葉を使った餅は数多い。しかし朴葉餅を注文して食べることはしなかった。

若いホオノキを現実に詩とメルヘン絵本館の前に植えることに決定してから、急にぼくは不安になった。絵本は木を植えてからかくべきだったかもしれない。

見合い写真だけ見て結婚する相手の女性と、はじめて現実に逢うことになった新郎のようにぼくはドキドキしている。

詩碑も発注して受け入れ準備はまず整えたと思うが、若いホオノキはこの移植をよろこんでくれるだろうか。

ここへ来てよかったとうれしいだろうか？　そしてうまく育ってくれるだろうか？　予定としては四月二十日である。ぼくのドキドキはその日まで続く。

第3章

ベージュエイジは未知の世界

ヒヤリ・ハット

K・Yと書いて「空気が読めないひと」という意味になるという日本語にはどうも納得がいかなかった。こんな言葉は流行しても絶対に使いたくなかった。たとえば木村安男というひとはイニシャルがK・Yになる。

あちら式にひっくり返せば安田君子はやはりK・Yになる。まぎらわしい。

「空気が読めないひと」というイニシャルになったひとは気分が良くないだろう。差別語だとすぐに騒ぐ団体からなんの文句もでなかったのは不思議だ。

ところが最近よく聞く「ヒヤリ・ハット」というのは中々(なかなか)いいとぼくは思っている。フリー百科事典にもちゃんとでている。

HIYARI　HATとは重大な事故や災害には至らないがその一歩手前のことをいうようだ。文字どおりヒヤリとしてハッとするが「あぁよかった。助かった」と胸をなでおろすのがヒヤリ・ハットである。

そのヒヤリ・ハットの情報を公開させて重大な事故を未然に防止しようというのがヒヤリ・

ハット・キガカリ活動という。

たとえば交通事故が頻発している、クルマに乗った時後部座席のひともシート・ベルトを着用させるようにしたのも事故を未然に防ぎたいということだろう。

ぼくがこの言葉がいいと思うのはヒヤリとした冷たい帽子という意味にもとれるからだ。冷たい帽子、つまり頭が冷静であれば相当数の事故は防げる。

しかし最近はＨＯＴ　ＨＡＴ、つまり熱い帽子をかぶっているひとが多いみたいである。すぐに頭へきて、カッと逆上するキレやすい気質である。若者だけでなく、いい年齢をした高齢者にもほんの少しのことに逆上して相手をなぐり殺してしまったりするニュースを見るとなさけなくなる。人間だから喜怒哀楽があるのは当然ではあっても、ほんの少し思案する時間があれば結果として相手の人生も自分の人生も破滅して取り返しのつかない結果になることは解るはずである。

後悔してもはじまらない。ぼくは事件をおこした犯人が「悪いことをしてしまいました、被害者の方に申し訳ない」と言っているのを聞くと腹がたつ。事件の前に申し訳ないことに気づくべきではないのか。

後で一万回謝って反省してもなんの役にもたたない。

書いているうちに頭が熱くなってきた。冷たい帽子をかぶって自分の頭も少し冷やさないと話がとんでもない方向に外れてしまう。

飛行機のニア・ミスもヒヤリ・ハットだが医療の現場でまちがった薬を渡し患者が「あれこれはいつもの薬とちがうな」とハッと気づいて実際には内服せず、結果的に被害がでなかった場合がヒヤリ・ハットである。

現代は天災・人災をふくめてあまりにも危険が多すぎる。ヒヤリとしながらハッとして用心しながら生きていくしかない。

生きていればね

来年の二月になると九十歳、卒寿ということになる。びっくりしますね。こんなに生きるとは思わなかった。

日本は世界の中でも長寿国である。しかし自分がまさかその長寿高齢者群のひとりになろうとは想定外である。

もちろん現在は元気老人が多い。若者顔負けというひともいる。しかしぼくは健康でない。柳瀬家の男子は短命の血脈である。ぼくの父は三十二歳で病没。弟は二十二歳であの世へ旅立った。自分もその宿命は逃れられないと覚悟していた。

病魔には次から次へとおそわれて、もう駄目かと観念したことも何度かある。

でも不思議に生命永らえて、気がついてみれば九十歳だもの、シドロモドロながらよく生きのびたものだ。

仕事は相変わらずことわりきれないほど多い。ＴＶとか講演の仕事はしんどいのでなるべくおことわりしたいのだが、なんとなく引きうけてしまっていることが多い。

本音を言えばぼくは多勢の前でしゃべったり、歌ったりするのが大好きなのだ。

しかし最近めっきり、眼と耳が悪くなった。座談会でも相手の言ってることがよく解らない。パーティーで話しかけられてもきこえない。だんだん出不精になり、ひきこもり勝ちになってしまった。

それでもほとんど三日にあげずというくらいの頻度でインタビューがある。

質問がよくきこえないので、秘書役のKさんにそばでもう一度くりかえして話してもらって答えている。日本語なのに通訳が必要になったのはなさけない。

九十歳で現役第一線というのは浮沈の激しいこの業界では珍しいので、来年はいくつかの記念展や企画のオファーがきている。

明日のことも解らない身の上なので、いつも「生きていればね」と答えている。無責任なことはできない。この頃(ごろ)頼まれた仕事はなるべく速く仕上げることにしている。エッセーなんかは大体、依頼のあったその日に書いてしまう。二カ月先が〆切であっても二カ月先の生命が予測できない。仕事で迷惑はかけたくないからさっさと仕上げる。

しかし九十年も生きればもう少し重厚な人格になるかと思ったが完全に失敗した。四十にして迷わずというが、九十になってもまだ迷いっぱなしで精神的には未熟不安定のままで人生の終着駅に近づいた。

八十八歳の米寿のときはベージュエージと語呂あわせして帽子から靴まで全部ベージュ色であつらえて「俺はベージュエイジ」なんて歌ったのだからあきれたノーテンキ爺(じい)さん。

九十歳は卒寿だ。もうこのへんでバカげたマネはやめた方がいいかもしれない。まわりからは「パーティーやりましょう」と催促されるのでぼくは答えている。

「うん、生きていればね」

着ぐるみ

動物とかアニメのキャラクターの人形がある。あれは縫いぐるみで中に人間が入って動くのは着ぐるみである。

最近キャラクターの着ぐるみが全国的に大活躍、大人気である。

着ぐるみは外見は人形だが中に入っているのは生身の人間だから、汗もかくし、喉(のど)も乾く、おなかもへるし、体調が悪くなることもある。しかしどんなにぐあいが悪くても外見的には人形だから表情は変わらない。

視界はひどくせまい。左右が見えない。たいてい口のところから見えるようになっているが、中に入っている人間が外から見えるとまずいので紗の幕をはることもある。

耳もきこえなくなるから、耳にあたる部分はうすくして、空気穴もあけてある。

相当重いし、暑い季節には汗びっしょりになる。音楽にあわせて激しく踊ると酸欠・脱水症で倒れることもある。

いそいで着ぐるみをぬがせ、水を飲ませ酸素を吸わせて応急手当をする。

大変な重労働なのだ。

アンパンマンの着ぐるみも大勢いる。中に入っているのは若いひとが多い。かわいいドキンちゃんの中に入っているのがヒゲ面の男性だったりするのでびっくりする。

この着ぐるみの若者たちはぼくがいくとすごく大よろこびする。作者のぼくにはなぜこんなによろこぶのか解らないが、いっしょに記念写真を撮るとほとんど例外なしにぼくの手をにぎりしめる。でもみんな着ぐるみだから血のあたたかさはない。しっかりよりそってくるとうれしいような恥ずかしいような奇妙な気分になる。

自分のつくったキャラクターは自分の子どもみたいでみんなかわいい。

でも要するにハリボテである。しかしその中に入っているのは人間で、着ぐるみをかぶっていれば切っても切れない仲間だが、ぬいでしまえば赤の他人、そしてほとんど誰も知らない無名の若者たちである。

ところがアンパンマンの着ぐるみに入ったとたんに誰でもスターになり、モテモテになる。現在はアンパンマン以外にもキャラ全盛時代で各地に着ぐるみキャラが大勢いる。

ということは着ぐるみの中に入るひとも大勢いるということだ。

しかし、これが相当キツイ仕事なので、うかつに入ると身体をこわしてしまう。訓練した着ぐるみのプロの集団もいる。Ａクラスになると重い着ぐるみを着たままバック転もするのだからすごい。初心者は歩くだけでも大変でころんでしまうから、せっかくのヒーローがカッコワリイ！ことになる。

着ぐるみの製作には細心の注意が必要である。人形作者が着ぐるみをつくり、見た眼には愛らしく完成したが、空気穴をつけなかったので中に入ったひとが卒倒したことがある。

二十分に一度は休けいもさせないといけない。

こうべりさん

最近ひとつの言葉が頭の中にうかんできて何度もリフレーンする。理由はまったく解(わか)らない。皆さんにはそういった経験はないだろうか。古い記憶の中からひとつの言葉が突然よみがえってくるのは、もしかしたら脳が老化してノスタルジックになったせいだろうか。

ぼくは小学校二年生の時に高知市の第三小学校から現在の南国市の後免野田組合尋常小学校（当時の名称）という長たらしい名前の大変牧歌的な小学校に転校した。

現在の後免野田小学校はぼくらの頃(ころ)とは見ちがえるほど校舎も立派になったが、ぼくが通学していた時代には分教場のようなのんびりした田舎っぽい学校だった。

五歳までが東京でその後、高知市、南国市と移動して、そのたびに言葉がちがった。子どもの頃というのは実に簡単にその土地の言葉になじんでしまう。だから、ぼくの土佐弁は主として後免野田小学校時代と高知市の城東中学校（現追手前高校）時代に自然に身についたものである。

ところではじめに書いたひとつの言葉というのは「こうべりさん」である。

子どもの時にはいろんな遊びや、いたづらをそれこそとめどなくというぐらい友だちとしていたが、テープの切れはしや、紙片、あるいは草の葉なんかを気づかれないように友だちの頭にくっつける。

そしてみんなで「だれかさんの頭にチョンチョがのっちゅう」とはやしたてる。

言われた当人は頭に手をやる。するとまたみんなで「頭つつきのこうべりさん」と言ってからかうのである。

こうべりさんというのは気取り屋さんという意味である。土佐方言辞典によれば（こうべる＝気取る）とある。

ぼくも何度かこのいたづらの対象にされたが「こうべりさん」というのはその当時は意

味がよくわからなかった。

今もよく解らないままだ。頭つきとあるのだから頭のことかもしれない。頭はこうべをめぐらせばという風にも読む。

頭のオシャレは一番かんたんで誰でもできる。金髪に染めたり、逆毛をたててみたり、パーマをかけたりである。

頭つきのこうべりさんというのはヘアスタイルのオシャレしている気取り屋さんという意味になるのだろう。

ぼくはつつましい控えめな性格ではあるが、反面気取り屋さんでお恥ずかしい。

こうべりさんのぼくも加齢して頭髪が心ぼそくなり、養毛トニックを使ったりしているが少しも効果はない。さりとてカツラとか植毛とかいうのはどうも気がすすまない。

帽子をかぶることでごまかしている。ついに帽子のコレクターみたいに数が増えた。

こうべりさんという方言は今でも使われているのだろうか。土佐人気質の中には流行に敏感で気取っている部分はたしかにある。

杖

ころばぬ先の杖と言いますよね。杖というのは広辞苑をひくと「歩行の助けに携える細長い棒、転じてたよりとするもののたとえ」とある。

要するにステッキで、昔は英国紳士がコイキな感じで小脇にかかえていたりした。しかし、今は老人でなければめったに杖をついて歩くことはない。

最近になってぼくのまわりの仲間の漫画家で杖をつくひとが多くなった。

「おいおい、もう杖をつくのかい」

「いや、杖つくと歩くのに楽なんでね」

「なさけねえ、おいぼれてしまったな」

と笑っていたのだが、笑った本人も実はいつのまにか足と腰の老化は進んでいた。

先日ついにころんでしまって、肩と腰を強打してしばらく起きあがれなかった。

一週間たってもまだ痛い。ついに杖をつくことになった。

デパートの売場へ行ってみると各種ある。杖そのものがオシャレになっていて、芸術品に

近い凝ったカザリのついた高価な杖もある。

ぼくはその中で三段おりたたみになっている携帯用の杖をえらんだ。

杖をついて歩いてみると、なるほど楽である。二本足歩行が三本足になると安定感がぐっと増して、スタスタ歩ける。

これはいいと思って愛用するようになったが、心の中をさびしい風がふきぬけていく。

ついに自分も老境に達して杖をたよりに歩くようになったのかと思うと悲しい。

聖路加病院の理事長で今をときめく日野原重明氏は階段を二段ずつ飛びあがってのぼるというし、森光子さんは八十九歳で「放浪記」のステージで元気に演技している。

他にも超人的に元気な高齢者は沢山いるがぼくはあんな超人ではない。

ごく世間並みな普通の人間で、机にかじりついて不規則な仕事をする職業だから、ま、こんなものか、仕方がないとあきらめる。

だから物理的に身体をささえてくれるものは、この三段おりたたみ式の細長い棒だとして、もうひとつの精神的にたよりにするものはなんだろう?

ぼくの妻の暢はアグレッシブで芯の強い女性で夫婦善哉ではないが「おばはんたよりにしてまっせ」という感じで仕事以外は何もかもたよりにしていたのだが、そうかもう君はいないのかということになり、ぼくより先に煙になって消えてしまった。

現在は多くのスタッフがぼくをささえていてくれている。それは感謝しているが、日常を支えてくれる杖というのとは少しちがう。

先日「星屑同窓会」という毎年やっているパーティーに出席してなつかしい仲間たちに逢った。「先生元気で長生きしてください。先生がたよりですから」と言われた。

おいおい、それは逆ではないか。こっちがたよらせてもらいたいと思ったのである。

CDの歌手

愛知県の知立市はチリュウと読む。しかし知という字はトモと読むこともできる。このあたりが日本語の漢字の難しいところである。立はタツとも読めるが、日立と書けばヒダチでダチと読む。

すると知立はチリュウと読むが、トモダチと読むことは可能だ。

それでチリュウはトモダチという歌ができた。知立市から依頼されて知立市の市民歌を作詞・作曲することになった。

実は知立市出身の漫画家ウノ・カマキリ氏の依頼で知立でアンパンマンコンサートをしたことから話がはじまったのである。

作詞・作曲はぼくの本業ではないが、いつのまにやら数が多くなり、四谷こども園の歌とか新潟の栗山米菓の社歌とかを依頼されてつくるようになった。怖いもの知らずとはこのことで、もうやめなくてはと思うが、物のはずみで、ついつい引きうけてしまう。

軽はずみな性格で困ったものである。

愛知県は不況の波をモロにかぶったのはトヨタの予想外の業績不振が原因である。

しかし景気の悪い時にションボリしていると暗い気分になる。苦あれば楽ありだと元気に快活にがんばるには音楽も効果がある。

知立はブラジル人が多い。みんな友だちである。日本が貧しい国であった頃大勢の日本人がブラジル移民として海を渡った。

今ブラジル人が職を求めて日本へ来ている。日本とブラジルは友好の絆で結ばれている。

知立はトモダチ、みんな仲良くということで歌をつくることになったのだ。

そしてCDを製作することが決定した。ぼくは採算は考えず協力することにした。

それはいいのだが、CD化にあたってぼくにも歌手として参加してくれと言われたのにはためらってしまった。

冗談なら許せる。またステージで歌うだけなら、それもまたその場限りのパフォーマンスとしていいのかもしれない。

しかしＣＤ化して市民の皆さんに聞いていただくには、やはりプロの歌手でないと失礼である。何度もおことわりしたのだが、「ぜひ」と強く言われて参加することになり、２番だけソロで歌うということでかんべんしていただいた。

ぼく以外はプロの歌手の大和田りつこさんと岡崎裕美さんで、きちんと正規の音楽学校を卒業して、二人とも若い時はＮＨＫの歌のおねえさんをしていた正統派の歌手である。

その中へぽつんと完全素人のぼくがまじっているので心細い。

それでもレコーディングはなんとか無事に終った。アレンジはスタンダードバージョンとサンバリズムバージョンの2種類をつくった。ブラジルのひとにも楽しんでもらえるようにしたのである。先日試聴してみたが、アレンジが上手で楽しい曲に仕上がっていた。

ぼくの歌はやはり恥ずかしかったけれど。

蓑虫睡眠

ぼくらの職業では徹夜というのがごく普通で、三日間不眠不休で仕事をしたという流行作家もいるし、原稿書くのに椅子に座ると寝てしまうので立った姿勢のままで書いたという話も聞いたことがある。

ぼくは駄目ですね。若い頃はイキがって徹夜もどきの時代もあったけれど、今は充分（じゅうぶん）ねむらないと全く仕事ができない。

ねむるのが大好きだし、仕事しながらでも時々いねむりして椅子からころげおちたりする。学生時代も教室でよくいねむりして、先生の言葉は夢うつつで子守唄がわりだった。だから寝室はどうでもいい、身体が横になればどこでもねむれる。

ぼくの寝室はごくお粗末。簡易おりたたみ式ベッドで、不要の時はバタンと戸棚の中に収納できる。

高齢になると不眠に悩むひとが多いが、ぼくはバタンキュー、ベッドインした瞬間にもうねむってしまう。

ところがいい年して（なにしろ九十歳）あきれるほど寝相が悪い。

寝ながらあばれているので、いつのまにか掛けぶとんは全部はねとばしてしまってハネぶとんになる。寒くて眼がさめる。カミさんが元気だった頃はふとんをかけてくれたが、「そうかもう君はいないのか」の状態になってからは誰もかまってくれないので、深夜に眼ざめて、ハクションぶるぶる。

さりとてホテルのメイクベッドみたいにギュッと身体をしめつけるのは大嫌い。そして軽くないと駄目。重いふとんだと悪夢にうなされる。なるべく軽いのをふわっとかけて寝る。

というわけで、寝具については、あれやこれやと何度も買いかえて試した。

或る日、寝袋というのはどうかなと思った。ほらキャンプする時なんかに使うチャックがついていてシャーっとしめるアレです。

早速註文（ちゅうもん）して寝袋の中に入って寝てみた。横になった蓑虫（みのむし）という感じですね。

いやぁ、これがぼくには実にいい。カンガルーの赤ちゃんの気分である。

なるほど有袋類は進歩していると思った。人間だって、もし有袋類でお母さんのおなかに袋がついていれば便利だ。本当のお袋になれる。おんぶや抱っこ、より安全で快適。

寝袋で寝るようになってから、気もちよくて朝までぐっすり、深夜に目ざめてハクションはしなくなった。

しかし、欠点もある。ガス（俗称オナラ）の多いひとはガスが袋の中に充満して携帯用ガス室みたいになり、全身の毛穴にガスがしみこむ。かけぶとんならバタバタとやればガスは空中へ逃げていくが寝袋だとそうはいかない。ハプニングがあっても飛び起きることはできない。二人で入るのはきゅうくつである。しかし、今のところぼくは蓑虫睡眠で満足している。

夏になったら毛布でなくレース編みの寝袋にするかな？

慾を棄てる

最近雑誌が売れないみたいだ。特に週刊誌の落ちこみが激しいらしくて、新聞を見ていたら日本ＡＢＣ協会調べの主な週刊誌の販売部数推移のリストがでていた。すると面白いことに気がついた。

あまり売り上げが落ちていないのは週刊文春と週刊新潮で、この2誌に共通しているのは表紙にベタベタ大売出しみたいに活字が組みこまれていない、そして美女の写真でなく絵であることだ。

ぼくはバーゲンセールみたいに記事を大活字で並べているのはいやだった。表紙は綺麗(きれい)なほうがいい。その意味で谷内六郎の表紙を使った週刊新潮は表紙そのもののファンがいて成功していた。その伝統が続いている。週刊文春は和田誠だが、都会的に洗練されていて気持ちがいい。活字は絶対組ませないというデザイナーの心意気が感じられる。

もちろん内容は重大だが、カバーも大切、表紙はその雑誌の顔だもの。要するにあまり売りたい売りたいとあせってしまうと根性のいやしさがでてしまう。

現在世界的に不況で不景気なのは元はといえばもっと金をもうけたいという金銭慾からきた投資ファンドの暴走が原因である。偽装食品メーカーが破産したのは、もっと利益をあげたいという慾からきている。

自分のことをいうのはおかしい。自慢ばなしみたいになるからみっともないとは思うがぼくは実に平凡な人間で、お金もほしい、名誉もほしい、女の子にモテたいと思っていた若い頃は貧しくて仕事はなく、全くモテなかった。ところが晩年になり体力がおとろえ、慾も得もなくなって、ま、平凡に楽しく仕事ができれば、それが自分には身分相応とすっかりあきらめた頃から、なぜか仕事の註文が多くなり、収入も増え、おどろいたことに少しモテるようになった。

なるほどね、あせって追いかけては駄目だとやっと気がついた。

たとえばうどん屋だとすれば、おいしいうどんをつくることに熱中していれば店はいつかは繁盛するようになる。

やたらにベタベタとポスターをはって、宣伝カーでおいしいよと叫んでみたところで、食べてみておいしくなければ客は離れていく。

本が売れないというのは面白くないからではないのか。

やはりまじめにコツコツやるしかない。

最近のジャーナリズムはけたたまし過ぎる。ＴＶもけたたましい。騒ぎすぎだと思う。

害毒を流しても売れればいいというのはまちがいだ。食品の毒より精神の毒が怖い。

景気が回復したら消費税をあげるというのも明らかにまちがい。景気が回復して税収が多くなったら、消費税はさげるか、やめてしまうのが正しい。予算を無理矢理に使いきる悪習をやめて国庫に返納させ、成績に応じて表彰する。というぐあいにはいかないか。

スター賞味期限

芸能界とかスポーツ選手とかいろんなスターがいますね。空港に到着すると黒山のひとだかり。熱狂した群集が警官の整理をものともせずスターめがけて突進する。

あの熱狂的ファン心理というのがぼくにはよく解らない。

それも分別のある相当高齢のおばさんが大勢いてオッカケをやっている。

あれだけ熱狂できるのはうらやましい。ぼくには絶対にできそうにない。かるはずみで熱しやすく冷めやすい性格なのに、好きなスターはいても熱狂して夢中になることはなかった。

ぼくの知人の高齢の女性は沈着冷静、知性と教養があるつつましいひとだが、突然韓流スターに夢中になってしまって、部屋中ポスターベタベタになった。

なぜなのだろう？　いくら考えてもぼくには理解できない。しかし高齢の女性だからそれは精神に活力を与える効果がある。

だからむしろいいことなのかもしれない。おそらく心の中にねむっていた情熱の残り火が晩年になってふと燃えたのだろう。いくつになっても異性は精神を刺激する。美しい容姿を

もったハンサムなスターはその意味でアンチエイジング効果がある。

　ぼくなんかのようにルックスが悪く、仕事は自分が表面にでない作者の場合はスターの要素はゼロと思っていた。しかし漫画家というのも一種の人気商売なんですね。

　花形の流行作家になると、夜の銀座でモテモテで、美人のホステスに囲まれて「キャア、先生！」なんて華やかでね、眼がくらむようだった。もちろんぼくは全くモテない。いつも片隅でぼんやり黙って座っていた。そのほうがぼくには気楽だった。

　だから、このまま人生が終わると予想していた。華やかではないが、生活にこまることはなく、好きな仕事をしておだやかにひっそりと消えていくのも悪くない。

ビッグネームになって巨匠とか輝くスターというのは自分には似あわない。60歳すぎて、ぼつぼつ身辺を整理して引退の準備をしようかという頃から、アンパンマンがヒットしてアニメ化されると急に身辺がにぎやかになり、やたらにいそがしい。

インタビューの申し込みは多くなり、街で知らないひとに声をかけられたりするようになった。そしてどういうわけか、赤面恐怖症みたいなハニカミ症候群からは完全に脱出して図々しくなった。年とったせいですかね。

身体の細胞はどんどん老化して、眼も耳もその他も急坂をころげ落ちる石のように老いていったが、心のほうは未熟のままでほんの少しも進化しなかったのはお恥ずかしい。

ついに90歳になり後期高齢者の最終コースに入った。時として若い女性ファンに囲まれたりすると、何かのマチガイだと思う。昔も今も未来もぼくはスターではない。とっくの昔に賞味期限は切れている。

国営マンガ喫茶

「国立メディア芸術総合センター」（仮称）の計画が発表されて１１７億円の予算が成立したので大騒ぎ。

いつのまにこんな計画が進んでいたんですかね。漫画の業界にいながら少しも知らなかった。要望もしなかった。漫画はこの国では芸術として認められていなかった。

それでよかったのかもしれない。しょせん庶民のエンターテインメントで金ピカの額ぶちに入れてうやうやしく見る絵ではない。

民主党の鳩山由紀夫氏が国会質問で「なぜ１１７億円も投じて巨大国営マンガ喫茶をつくるのか」と質問した。

巨大国営マンガ喫茶ならぼくはいいのではないかと思う。親しみやすい、マンガ眺めてほっとひといき、心をいやされながらお茶を飲む。子どもをふくめた家族がごく気楽に入館して数時間楽しめるスペースを国家がつくってくれるのならありがたい。

心配するのは「国立メディア芸術総合センター」になりそうだからである。

メディア芸術というのは解りますか？毎年文化庁ではメディア芸術祭を主催して優秀な作品を選定して表彰している。アニメも漫画も受賞するから企画そのものは悪くない。

しかし、ほとんどの国民はこの賞のことも受賞者も受賞作品も知らないのではないか。

たしかに授賞式はきちんと実施されている。しかしメディア芸術なのに、かんじんのメディアの方が関心がなくて大きくとりあげない。

芥川賞の方がよほどはなやかである。

今度のメディア芸術総合センターはこのメディア芸術賞がどうも中心になりそうな

のである。国営マンガ喫茶のような感じにはなりそうもない。鳩山由紀夫氏はこの点を衝(つ)くべきだったのだ。日頃(ごろ)「政治を国民の手にかえせ、まず国民の生活」と言っていたように思うのだがちがうかな？

ＭＡＮＧＡが世界共通語になり、日本の漫画が現在は世界をリードしているのはまちがいない。しかし、中国、韓国、台湾等の躍進はめざましい。フランスを中心とするヨーロッパの漫画もその芸術性で日本の漫画家に強く影響を与えて独自の発達をしている。

（ついに日本でもユーロ漫画誌が発売されるようになった）

日本の漫画は天才手塚治虫の出現で一種の鎖国状態で驚異的な発展をとげてきたが、正直に言って現在はいくらか勢いが衰弱している。コミック誌の売り上げも落ちてきた。

文化産業の視点から漫画を見ると、その経済効果と宣伝力は強大である。反日国家でさえも日本漫画のファンがいる。

それならば一番重大なのは国立のハコモノをつくる時、いかにして国民によろこんでもらうか。経済効果をあげるかということではないのか。

もちろんこんな意見は黙殺されて、低次元なドタバタが続きそうである。

意外な展開

はやいものでこの「オイドル絵っせい」は平成11年にはじまったから、今年で10年になる。いつの間にか200回を超えてしまい、気がついてみれば90歳である。オイドルというのは老いたアイドルというぼくの造語で一般には通用しない。ぼくがアイドルになれるはずもないが、老人になったからといってションボリしたくない。仕事もすれば恋もするオシャレもする。

幸いにこのささやかな駄文のエッセーは好評で、高知に帰って街を歩いていると、あっちこっちで「おかえりなさい。オイドル絵っせい読んでいますよ」と声をかけられる。いくらかはにかみがちな気分ではあるが、とりあえず100篇をえらんで出版を決定。版元はぼくのアンパンマンシリーズをだしているフレーベル館である。

さて、この本の総タイトルはどうしようかと思案して、「人生、九十歳からおもしろい」にした。まだ90歳前半が過ぎたばかりで、本当におもしろいかどうかはこれからなのだが、死んで花実が咲くものか、生きていてこそ面白いと思っているので、読者が「へえー90歳か

ら面白いのなら、がんばって長生きしてみよう」と思ってくださるのではないか。

ぼくも若い頃には人生に絶望しそうになり自殺を考えたこともあるが、今考えれば浅はかであった。生きていてよかった。

せっかくこの世に生まれてきたからには七転八倒しても生きのびて天命つきるその日まで世のためひとのためにはたらくべきだ。

統計によれば年間約3万人の日本人が自殺しているらしい。実にもったいない。

90歳から面白くなるかもしれない。ぼくの人生はおそ咲きで、やっとなんとかなりはじめた時は50歳を過ぎていた。

この本の巻頭ではアンパンマンの声を担当している戸田恵子さんと対談している。戸田恵子さんは現在51歳だが、休むひまもない流行児で「人生の後半にこんな展開があるなんて」と自分でびっくりしている。

森光子さんは現在89歳、間もなく90歳の超高齢なのに主演している劇の「放浪記」はついに上演2千回を超えた。20代の頃の林芙美子を違和感なくみずみずしく演じている。森光子さんもたしか40歳を過ぎてからの主演だったはずである。アラフォーだ。

それは特殊な例だといえばそれ迄だが、人生の変転は予測できない。苦あれば楽あり。未来を信じて努力していれば、ふしぎなものでなんとかなる。

ぼくもまさか自分が90歳を超えても、まだ現役で仕事ができるとは夢にも見なかった。絵本や漫画の仕事以外にコンサートもしていてステージで踊ったり、歌ったりする。

今年の夏もまたまんが甲子園の審査委員長をして、その合間に「かるぽーと」の大ホールでアンパンマンコンサートをした。これが面白くてね。やめられないのは困ったものだ。

第4章

やめられない　とまらない

弁当文化

子供の頃はお弁当というのが楽しみだった。学校の昼食にはアルミの弁当箱をもっていった。現在のように給食ではないから家庭でつくる。お茶は弁当箱の蓋についで飲んでいた。それでもおいしかった。

遠足や運動会の時の弁当はいつものより豪華になる。駅弁もうれしくて、この世にこんなにおいしいものがあるのかと思って感動した。

自宅が仕事場の現在の職業になってからは弁当とはすっかりご無沙汰で、ほとんど利用することはなくなった。

運動不足を補うために、日曜日には近くのデパートのデパ地下散歩をするようになってから、久しぶりに弁当と再会することになった。これがいやはや昔とは大ちがい、百花繚乱というか、種類が多いし、あでやかで、値段も安いのは300円ぐらいからで、高級品は3千円なんてのもある。中級は500円~1千円ぐらいですかね。あまりにも種類が多くて目移りする。

ぼくは自宅に近い四谷の外苑東通り舟町に自分で経営するアンパンマンショップがある。おかげさまでオープン12周年、今ではこの街のシンボルみたいになっている。

せっかくデパ地下へ行くのだからショップのスタッフに弁当をおみやげに買った。

これが大好評でみんなが大よろこび！　ぼくはいつも「人生はよろこばせごっこ」と言っている。ひとがよろこぶ顔を見るのが大好きである。昼食の弁当ぐらいでよろこんでくれるなら と毎週弁当を買ってとどけることにした。しかし毎回同じでは面白くない。それにあきてしまう。目先をかえなくてはならない。釜飯、焼肉、スキヤキ弁当、中華に洋食弁当、鮭弁、五目寿司、ヘルシー弁当、いくらでもある。

すべて調理場が中にあり、作りたてのホヤホヤ、デラックスな高級弁当はおいしい。ほんのつけあわせに入れてある煮っころがしの里芋までさすがという美味。

しかし、高級弁当に舌が馴れてしまうと、それ以下のものがおいしくなくなり、かえってぐあいが悪い。

ねらいめは中級の手ごろな値段で、しかもおいしい、見た目も綺麗なものでまず弁当を開いた時に視覚的によろこばせようと思ってあれやこれやと見て歩く。

時々日本各地から出張してきた郷土料理の実演販売があり、珍しい弁当に巡り逢うこともある。

自分の運動にもなるし、勉強にもなる。おまけに「先生、今日のお弁当おいしかったです」と言われるとうれしくてたまらない。この次はもっとおいしくて珍しいものを探そうと思ってしまう。最近のヒットは「メカジキ敷きつめ弁当」で好評につきアンコールした。

それにしても、日本の食文化は弁当だけみても世界最高だなあとつくづく感心する。

昆虫残念記

ぼくは生涯の痛恨、今でも後悔先にたたずと残念に思っていることがある。

幼少の時代を高知県の田舎で暮らした。故郷は当時の香美郡在所村朴ノ木で、物部川の北岸、四国山地のふところに抱かれた草深いところである。自然のまっただ中、山菜料理なんてもったいぶらなくても、ワラビ、ゼンマイ、イタドリなんかは山野に自生している。谷川の水はミネラルウオーター。

手塚治虫氏は宝塚で少年時代をおくり昆虫少年であった。

ぼくは宝塚よりもはるかに昆虫の多い田舎にいたのに、せいぜい蝉（せみ）やトンボをつかまえるぐらいのボンクラ少年。ほんの少し勉学の熱意があれば昆虫その他の観察には天国のようなところにいたのだ。

さて、いきなり40歳代後半ぐらいの話になる。

その頃（ころ）まだ元気であったいずみ・たく氏はミュージカルに熱中していて「ファーブルの昆虫記」を上演した。詳しく書くと大長篇（だいちょうへん）になるから要点だけにすると、その試演を見たぼく

は大いに不満だった。

かんじんのファーブルが登場しない。ファーブルの昆虫記はファーブル自身の生き方そのものが一番面白い。

ぼくは自分でシナリオを書いて「ぼくならこんな風にする」と言って、いずみ・たく氏に見せた。しかしトラブルがあってぼくのホンは上演されず手もとに残った。

その頃文学座出身の女優の賀原夏子さんがNLTという演劇集団をつくり、主としてコメディーを上演していた。NLTの芝居のポスターを依頼に拙宅を訪れた賀原さんはデスクの上においてあった「ファーブルの昆虫記」のシナリオを見て「このホン私にください」と言った。ところが間もなく賀原さんはおなくなりになって、ぼくは「昆虫記」のことはすっかり忘れていた。

ところが賀原さんの遺品の中にそのシナリオはあり、偶然発見した元の日活の女優稲垣美穂子さんの劇団「目覚時計」がそのシナリオでミュージカルとして上演したいと言ってきたのだ。ぼくの知らないところで一度は屑（くず）かごに棄てられる運命だった昆虫記がステージにかけられることになった。

本当に不思議である。このミュージカルは昆虫がずらりと登場する。ここでぼくは、はじめて「うーん、子どもの時に昆虫を観察して勉強しておけばよかった」と後悔する。

その道の第一人者奥本大三郎氏の監修で「ファーブルの昆虫記」は上演され、大成功したものの、残念ながら全国巡演はできなかった。装置と衣裳と昆虫の大群のラインダンスに経費がかかり過ぎて赤字になってしまった。

うーん、残念！　ラストは不遇の晩年を迎えたファーブルが功績をやっと認められて、フランスから勲章が贈られるが、その時自然は朝露の勲章をファーブルと昆虫たちに贈って、ステージ一面に朝露が宝石のようにきらめく感動的なラストシーンだったのに！

生姜音頭

南国市ごめん町の「ごめん生姜飴（しょうがあめ）」もすっかり定着して、空港でも売っているので、ぼくが高知へ帰るとかならず空港には「ごめん生姜飴研究会」の皆さんが生姜飴のエプロン姿で歓迎してくださる。うれし恥ずかしの心境だが、今度は生姜地蔵をつくることになり、いよいよ完成。一般公開オヒロメのセレモニーが10月3日に決定した。

さて、そうなるとまた余計なことをしたくなる。困ったものだと自分でもつくづく反省しているのだが、やめられない。

セレモニーにはひとつのパターンがある。テープカットして除幕式、えらいひとの祝辞で、あまり面白くない。

せっかくだから「生姜音頭」をつくって、踊ったらどうかと思った。なぜ音頭なのかといえば、誰でも踊れる。

ロックリズムかなんかだと若いひとはいいが、中年以上は息ぎれしてしまう。

御存知のように生姜は健康のためにいい、そして高知県産生姜は品質日本一で、もしかし

たら世界一と身びいき、郷土自慢としては確信している。

だから生姜地蔵は健康のシンボルである。健康でなければ何もできない。景気も不景気もあったものではない。

だから老若男女、老人も子供も楽しく踊れば血行はよくなるし元気になる。

そこでたちまち「生姜音頭」を作詞・作曲して、自費でＣＤを制作、南国市に打診すると「やりましょう」ということになった。

歌手は地元の歌手、デュオのスーパーバンド、振りつけと踊りはやはり地元のシエロクラブ・キッズダンサーズにお願いした。

町内の皆さんにも参加してほしいのでなにか参加記念品が必要。思案して生姜地蔵の絵と歌詞の一部を紅生姜色に染めた日本手拭（てぬぐ）いにした。

なぜ日本手拭いかといえば、踊れば汗をかく、首にかければ紅（あか）いから華やかで、お祭り気分になる。

日本手拭いは縫いあわせれば浴衣にも、シャツにもなるので便利。

そこでこれも地元の業者に発注した。依頼されないのに勝手に自費でやっている。最近過労気味で体調不良なのに余計な仕事を増やして経済的には損する、同業者からは文句言われるし、なにやってるんですかね。

南国市では「高齢のやなせさんを炎天下に長時間たたせるのは心配なので会場は後免野田小学校の体育館にしました」と気をつかってくれた。

健康をまもる生姜地蔵のオヒロメセレモニーで倒れたらみっともない。

さすがに、人生晩年、激烈な競争社会で、年齢ハンディいっさいなしの職業を続けてきたから、全身ことごとくガタがきていて、明日が予測できない。スリルとサスペンスもあわせて当日をお楽しみください（なんてね）。

小鳩内閣

最近新聞を読んでいると「小鳩」という字がやたらに眼につく。「泣くな小鳩よ、小鳩よ泣くな」という古い歌を突然思いだしたりして、はてなんのことかと思ってよく読めば、なんのことはない。小沢、鳩山をくっつけているのだから発音は「オハト」が正しい。

しかし漢字だけで読むと「コバト」になり愛らしくなってしまう。

週刊誌に「オザチル」なんて書いてあるのは小沢チルドレンの省略語なんですね。もう1字省略すると「オチル」になって、次の選挙ではオチル（落ちる）になるかもしれない。

このチルドレンというのは小泉内閣の小泉チルドレンあたりからはじまったと思うが、今風に省略すれば「コイチル」になる。恋散ると読めますね。コイチルもすっかり散ってしまった。

なんだかメーテルリンクの名作「青い鳥」のチルチル、ミチルみたいである。

ぼくは政治についてはあまり批判がましいことは言わないことにしている。

なぜなら、自分にはとても出来ないからだ。「俺（おれ）ならこうする」という代案がなければ他人の批判はできない。

体質的に政治は自分に向いていない。まして小鳩内閣はまだスタートラインに着いたばかりだから何も言えない。

しかし印象としてはちょっと柔軟性に欠けるかなという気がする。

民主党は「国民の生活が第一」とくりかえしていたから、このスローガンはぼくもすっかり覚えてしまった。

しかしどうも「マニフェストが第一」のような感じがする。

公約を実現するためなら国民の生活は二の次だ、何を言おうが聞く耳はもたないと気負いこんでいるように思える。

たしかに公約は実現した方がいい。約束をまもるのは誠実である。

でも世の中は杓子定規では許れない。マニフェストにこりかたまってしまうと、かえって国民を不幸にする。

「ぼくはちゃんと約束まもって実行したんだもーん。ぼくはまちがってないもーん」

と坊ちゃんにいばられても困るのである。

しかし、まだ何もはじまっていない。

国民は新鮮な改革を期待している。明るくて健康で、希望があり、生活に不安のない平和な国を望んでいる。

そして現在の激動する国際情勢、地球の危機、新型インフルに代表される、未知の病原菌によるウイルスの恐怖、予想できない天災と人災の中で、それを実現していくのは至難のことだということも知っている。

だからこそ、ぼくらは清新で溌剌とした政治家の出現を望んでいるのだ。

もちろん小鳩内閣にも充分期待している。

スキャンダルあばきごっこみたいなメディアを沈黙させるぐらい成果をあげてほしい。

三日よろこび

ギネスブックというのがあって、毎年世界一の記録を世界中から集めて発行していることは御存知ですよね。

スポーツ全般の記録はもとより、連続ナワトビの回数とか、素もぐりの潜水時間とか、種々雑多、ＴＶでも時々挑戦風景をごらんになったことがあるはず。

これは勝手にやっても駄目で、ギネスがたちあって、正式の認定証を発行する。

それではものすごく厳格かというと、そうでもない。実は10年ぐらい前シンガポールに行った時、シンガポール周辺の漫画家が参加して世界最長の漫画を描くというイベントに誘われて参加した。日本からはぼくひとりだったのだが、会場には新聞用紙のような大きなロール状の紙が用意されていて、それを一方で巻き取りながら漫画を描いていく。ぼくは主としてアンパンマンのキャラクターを描きました。他の漫画家は何を描いているのか、自分の近くのひとのものしか見えなかったが、連続してひとつのテーマを描くのではなく、自由に自分の得意な絵を描いているみたいだった。それでぼくも安心して、左右の漫画家は気にせずに

描いた。

帰国してからすっかりそのことは忘れていたが、ギネスの認定証が送られてきて、あれが世界一長い合作漫画として認められたことを知った。その認定証は香美市のアンパンマンミュージアムの壁に他の賞状といっしょに現在も展示してある。

しかし、この合作漫画より10センチでも長い紙に漫画家を集めて描けばこの記録はたちまち破られてしまう。

それにはじめからギネスを目標にしている、日本でも世界最長のドミノ倒しをTV局の主催でやっているのを見たことがある。

それでひとつの番組を制作していた。

ぼくは2009年の7月22日に単一のシリーズの中のキャラクターの数で世界一多いというので、ギネスから認定証をもらった。それが丁度アンパンマン放映1千回と重なったので、90歳に達した卒寿の祝宴もあわせて赤坂プリンスホテルでパーティーをした。

これは何も計画したわけではない。偶然そうなったのだ。

アンパンマンのアニメを21年やっているうちに、いつのまにかキャラの数が増えた。そしてその数は現在も増え続けていて、とまらない。あまりキャラが増えると散漫になるのでやめようと言っているうちに、世界記録になった。

もちろんイチローの9年間連続200安打のような輝かしい記録とは比較できない。しかし、それでも世界一というのは気分がいい。3日間ぐらいぼくはよろこんでいた。でも一過性のよろこびで今はなんともない。

三日坊主というのがあるが、よろこびにも悲しみにも長短がある。3日間もよろこぶのは長い方で普通は花火みたいに一瞬で終わる。

ウナガッパ

今から50年ぐらい昔、ぼくは岐阜県南部の多治見市へ行って陶器に絵付けをしていたことがある。その頃（ころ）のマグカップや皿を今でも持っているひとがいるのでびっくりする。

その頃は庄内川上流の土岐川に沿った草深いところだった。緑の濃い美しい自然は昔のままだが、街の風景は劇的に変化してモダーンに整備されてくっきりと清潔である。

そして、ぼくはまた突然多治見市へ何度も行くことになる。ふしぎな運命のめぐりあいで人生は展開する。

ぼくは加齢して多病、多疾患、多難、ひどく疲れやすくなった。仕事はできるだけ減らすように心がけている。

皮肉なもので、仕事を多くしたいと望んだ若い頃は仕事が少なく、減らしたいと思う今は際限なく増え続ける。

特にキャラクターデザインの依頼が多い。多治見市からも、昔なじみの金正陶器さんを通じて依頼があったのでことわりきれない。

ウナギとカッパが合体して顔がカッパでシッポがウナギという奇妙なキャラクターをつくった。ウナガッパである。

今は「ゆるキャラ」というのが大流行で、全国ゆるキャラコンクールなんてのもある。

正統派でなくて、どこかゆるくて奇妙で、おかしいのがゆるキャラとして珍重されたのだが、ゆるキャラの数がこんなに増えてしまうと、もうゆるキャラとはいえない。

ぼくはゆるキャラをつくるつもりは毛頭ない。きっちりとデザインされた正統派のキャラの方が好きである。

ところがウナガッパはどうも「ゆるキャラ」の方へ組みこまれてしまったようである。

作者としては少し残念だが、キャラは動きはじめると独立して勝手に活動するので仕方がない。

ただキャラクターの粗製乱造はあまり感心しない。安易に過ぎてみっともない。

ぼく自身も反省して「もうこれ以上増やさない。このへんでおしまい」と決心はするものの、そうはいかないのは困ったものだ。

しかし、引きうけた以上は全力を傾注する。ウナガッパの場合も、作詞・作曲して、歌には振りつけをしてもらって、踊りの講習会を歌手の岡崎裕美さんにお願いして実施した。

岡崎さんは幼稚園のサマースクールでゲーム・ダンス・歌の指導歴20年の超ベテランで、芸大声楽科出身、平成音大教授、ＮＨＫの歌のおねえさんもしていたから、正統派で決して下品にならなくて安心である。

余計なことかもしれないが、自分の仕事を愛しているとあれこれ面倒をみたくなる。

金銭的には全く報われないし、世間の評価もひくい。大芸術家として尊敬されることは絶対にない仕事だ。

望むところである。巨匠とか名人は似あわない。底辺の位置で、通俗な仕事をして売れなかったらアウトという方がいさぎよい。

ダンディ龍馬

新聞を見ているとびっくりしますね。何にびっくりするかというと坂本龍馬関連の本の広告が、これでもかとばかり沢山でている。

たしかにＮＨＫの大河ドラマがはじまるとそれに関する本が出版される。ＮＨＫは商業放送ではないが、出版も観光も商業的にＮＨＫを利用している。ＮＨＫも昔とちがって番組の宣伝には熱心である。

数えてみたわけではないから、正確なところはぼくは知らないが、「篤姫」の時よりもはるかに多いのではないか。

おまけにぼくのような者のところまで、龍馬に関するインタビューや取材がある。たしかにぼくは土佐出身で龍馬と同じく土地の郷士の家系である。

しかし同郷だからといって別に龍馬について研究したことは恥ずかしながらなかった。

それでも子供の時から、坂本龍馬に関するぼんやりとしたイメージはあった。ぼくらの子供時代はチャンバラごっこに夢中でその中に近藤勇とか坂本龍馬は登場していた。

しかしアンケートに答えるほどの知識はないので、ほんの少しと思って、なるべく薄い本をパラパラとめくってみると、これが面白いんですね。やめられなくなってしまう。

維新の数多くのヒーローの中で坂本龍馬は突出してキャラクターが新鮮でアカぬけしている。現代の政治家の方がむしろダサイ。

龍馬は長崎の亀山に土佐脱藩浪士6名で慶応元年に亀山社中という総合商社をつくった。その給料は薩摩藩から支給されたが全員同額の三両二分である。龍馬は言ってみれば社長だから少し多くていいはずだ。後に亀山社中を解散して土佐の後藤象二郎と組んで海援隊を結成した時に月給は五両になった。一両二分で庶民は家族5人が暮せた時代である。

ところで新選組は結成当時ひとり三両だったが、そのうちに局長近藤勇五十両、副長土方歳三四十両、ヒラ隊士で十両というから目の玉のとびでるような高給である。（「幕末検定クイズ　龍馬編」木村幸比古・木村武仁より）

新選組というのは当時京都では肩で風切るエリート集団だったでしょうね。

美男子であった新宮次郎に「君は男振りがよいから女が惚れる、僕は男振りは悪いがやっぱり惚れる」と女性にモテることを自慢しているのも面白い。（「わが夫　坂本龍馬　おりょう聞書き」一坂太郎より）

美男ではなかったにしてもダンディ、現在坂本龍馬の肖像として残されている写真を見ても斜にかまえてふところ手をして気取っている。片袖をわざとなびかせ、懐中にはおそらく高杉晋作の上海土産のピストル、アメリカ製のスミス・アンド・ウェッソンを忍ばせて、靴をはいている。（高価そう！）

写真を撮るというのにおくれ毛風になびかせてヘアスタイルをナチュラルに崩している。いいなあ龍馬！　こんな魅力的なヒーローはめったにおらんがぜよ。

インフラ・インフル

新聞を見ていると最近よく眼につくのがインフラとインフルですね。もうひとつインフレというのもあるが、今はデフレの時代だから、インフレの方はあまりでてこない。

国文法には語尾の活用というのがあって三段活用とか四段活用とか命令形とか未然形とか中学生の時に習いますよね。

インフラ・インフレ・インフルも語尾がラ行で変化しているだけでよく似ている。

しかしラ・レ・ルのちがいだけで意味は全くちがってくる。

この中でインフラの説明が一番難しい。広辞苑では産業基盤の社会資本となっているが、はてなんのことやらとぼく程度のオバカさんはよく解(わか)らない。

ちなみに省略しないで書くとインフラはインフラストラクチャー、インフルはインフルエンザ、インフレはインフレーションだが、長いのでみじかくするとよく似た言葉になって混乱する。特にインフラとインフルはほとんど毎日といっていいくらい頻繁に使用されているので、パッと見ただけでは判別しにくい時がある。

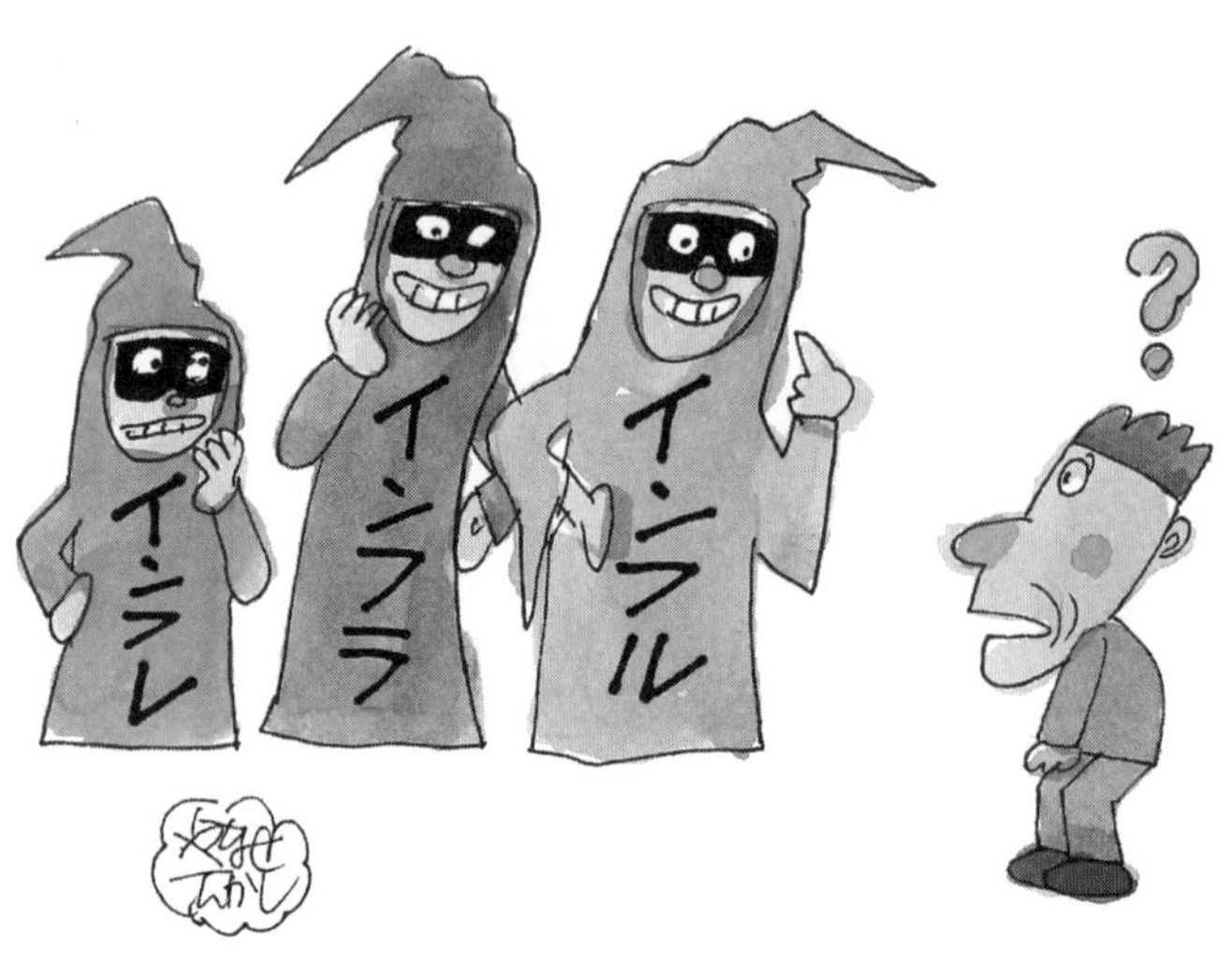

インフルエンザはインフルエンザ・ウイルスによって起こる急性伝染病で高熱・急性肺炎を起こしやすい。特効薬が発見されて、これでひと安心と思っていると新型インフルが出現して世界的に大流行。日本でも全国的に猛威をふるってワクチン不足で大騒ぎになったのは御存知のとおり。

人間とウイルスのたたかいは永遠に続いていくでしょうね。アンパンマンとばいきんまんのたたかいのように。

そして社会資本が貧困であればインフルを防止することが困難になる。つまりインフラがしっかり整備されていないとインフルもインフレも起きやすくなる。

ややこしいですね。でもインフラストラク

チャーは日本語ではあまり適当な訳語がない。

かえって解りにくい。そこでインフラという言葉が日本語として定着した。

インフレはもうおなじみの言葉だから説明するまでもないがお金の価値がさがって物価があがる。デフレはその反対でお金の価値があがり物価がさがる。

それではデフレの方が暮らしやすいかというと、企業はもうからなくなり倒産して失業者が増える。世の中は不況になる。そして現在の日本はデフレだと政府は宣言した。

必殺仕分け人がせっかちにムダな予算を斬りすてている。今までなぜやらなかったかと思うくらいで、賛成だが、冗費が節約されるのはいいとして、そのために事業が縮小して失業者がでる。デフレはますます加速するのではないかとぼくのような素人は心配になる。

日本は医療先進国だと思っていたがワクチンが不足してあわてて輸入しているようでは心ぼそい。インフラがしっかりと整備されていないのにバラマキというのも不安である。

想定外

若い頃自分の老後を想像してみた事がある。65歳で引退する。そこからは世界中の推理小説を読む。そして世界一周の旅に出る。赤いベストを着たお爺さんになってポケットにいつもキャンディを入れていて、子供たちにあげる。まあそんな風な世界を想像していた。ところが人生というのはそうはいかなかった。70歳を過ぎてから急激に忙しくなり、夜も寝ずに仕事をしなくてはいけなくなった。

長命の家系に生まれてぼくより絶対長生きすると思った妻は75歳でこの世を去り、妻の母は103歳まで生きて、最後はぼくが看取(みと)る事になる。推理小説なんか全然読む暇が無く、コレクションは全部古本屋へ売り払ってしまった。本があふれて置き場がなくなったのである。赤いベストだけは着ていたが、キャンディをポケットに入れて子供たちと遊ぶ余裕は全く無かった。

それなのにいつの間にやら仕事は幼児向けになる。まさか幼児向けの仕事をするようになろうとは夢にも思っていなかった。

しかし何とか生活も安定し、妻の死のショックからも立ち直る事ができた。仕事もスムーズに流れるようになった。自分の年齢を考えると幸運だったのかもしれない。

ところが今度は次から次へと病魔に襲われる事になる。自分とは全く無関係と思っていた各種の病気にこれでもかとばかりにやられてしまった。これも全く想定外であった。

何回かの大手術小手術を切り抜けてそれでも仕事は続けていたが、92歳の誕生月の2月半ばを過ぎるころから今度は眼(め)が見えなくなった。見えないといってもおぼろげには見えている。眼科医の診断は眼の静脈がつまっている、回復は非常に難しいが全力をつくしてみますという事だった。それ以来治療を続け漢方医にもかかっているが、やはり眼を酷使する仕事を長い間続けてきたのでもう回復は無理。

そこですべての役職を辞任し、現役を引退しようと思った。しかしその前にお別れの挨拶(あいさつ)をしておきたいので「生前追悼号」の発行を決意して編集をほとんど終えた。ところが3月11日の大地震である。全く想定外の国難と言えるような大災害なので、呑気(のんき)な事は言っていられなくなった。「生前追悼号」は中止。なんとか自分の仕事を通じて被災者のお役に立ちたい。一体自分は何をするべきか。やはり心に傷を負った子供たちを何とか元気づけるのが大事ではないかと思った。

アンパンマンの絵の入った激励ポスターを作り、激励絵ハガキを作り、激励コンサートも計画している。

このコンサートは今までのチャリティコンサートと違って参加する人からはお金は頂かない。出演者とぼくが募金箱にお金を入れ、全費用を負担して義援金にまわしたいと思っている。金額は少額でもアンパンマンがやっているという事で元気になって欲しい。うまくいくかどうかはわからない。また想定外のハプニングが起きるかもしれない。

第5章

人生、90歳からおもしろい！

ふたつの心

女優の森光子さんと落語家の桂米朝さんが文化勲章を授与され、俳優の森繁久彌さんは死後国民栄誉賞を受けた。

その他にも歌舞伎俳優とか作家の永井荷風氏とか数多く受賞されている。歌手の故美空ひばりさんは国民栄誉賞である。

まことにめでたいことで、それにケチをつける気持ちは全くないことをまずおことわりしておく。大衆文化に光があてられ、昔とちがって、娯楽芸能関係のアーティストの社会的地位が向上したのは大変いいことだとぼくは思っている。けれども疑問も少しある。

漫画家は今まで故長谷川町子さんの国民栄誉賞（１９９２・７）ただひとりである。

しかし、落語もファインアートの我国屈指の画壇の大家も世界的に認められているかといえば少数のひとを除いては無名に近い。

文学の作家でいえば１００万部売れればミリオンセラーで大ベストセラーと話題になる。コミックの世界では１億部はザラにいる。２億部を超えているひとも多い。ぼくのように

コミックでなく絵本のアンパンマンでさえも５千万部は既に超えているがこの世界では誰もおどろかないし、話題になることもない。

ＭＡＮＧＡという言葉はそのまま世界で通用し、世界中に日本漫画のファンがいる。

アニメーションでは宮崎駿氏がアカデミー賞その他の多くの世界的な賞を受賞している。

その他にも、数多くの天才がひしめいている。国際的な経済効果は約７兆円（？）とも言われているが、くわしい数字はぼくは知らない。風のうわさである。

さて他の日本芸能と比較してどちらが現代日本文化を代表しているといえるのか？

日本では漫画家は文化的には社会的地位がひくい。歌謡曲の歌手よりも落語家よりもランクが下になる。それでも最近の大学で漫画を正課にしているところが多いのはなぜか？

この仕事は勲章を首にぶらさげてするのは似あわない。俗塵の中の庶民の娯楽である。人間国宝とか無形文化財になって尊敬される仕事ではなく、美術館の奥深くに陳列されて、金ピカの額ぶちに入れられてうやうやしく拝見するような大芸術ではない。

ところで、ここで困ったことにぼくの心はふたつに割れてしまう。自分の言ってる主張と矛盾してしまって、うろたえる。

文化国家日本として考えれば、今世界の最尖端（さいせんたん）にある日本の漫画文化を無視するのはまちがっている。故手塚治虫氏はその業績、人格、識見からいって文化勲章にも国民栄誉賞にもふさわしく、宮崎駿氏は文化勲章をもらっても不思議ではない。世界中に名前が知られていて、名作の数々は漫画家ではない他の分野の芸術家にも高く評価されている。

日本の漫画家の社会的地位があがって正当に評価されたいと望み、一方では反対にこのままの方がいい。漫画家としては基本姿勢として反権力だからとも思うのである。

はにかむ勲章

子供の頃にビールのブリキのキャップを胸につけてもらってよろこんだ記憶がある。軍人はもちろんだが、昔のひとはえらくなると胸に勲章をつけていた。中学校の校長先生も祝日にはモーニングの胸に勲章をつけて訓示をしていたのをおぼえている。

現在の日本は勲章の数は昔よりも多いかもしれない。春、秋の叙勲があり、多勢のひとが勲章をもらう。文化勲章のように皇居で直接天皇陛下からいただくという最高級の勲章もある。しかしせっかく勲章をもらっても、それを胸につけているひとをあまり見かけない。

実はぼくもどういうわけか勲四等瑞宝章をいただいたが胸につけたことは一度もない。

現在は郷里のアンパンマンミュージアムに額装して飾ってある。

でも授章式の日は全員勲章をつける。見ているといい年をした老人が、とてもうれしそうなうっとりした表情になっていた。

勲章はもらってみるとその実物は何かしらオモチャっぽい。老人になっても心の中は子供の時にビールのキャップを胸につけてもらってよろこんでいるのとあまり変化していないん

だとその時に思った。

ちなみに瑞宝章の場合でいうと勲一等から六等まである。旭日章というのも勲一等から六等まであリこれは男性専門で女性は宝冠章であった。

それでは瑞宝章と旭日章はどこかちがうかという点になるとぼくは知らない。

叙勲の等級は２００３年に廃止されて現在はぐっと簡素化された。

旭日章は慣例で男性のみ対象だったが女性も受章できるようになった。

これはいいことだと思うが、もっとシンプルでわかりやすく親しみやすいほうがいい。

ステータスシンボルだった昔とはちがうのだから、気軽な感じにしたい。

古道具屋さんとかノミの市みたいなところでは昔の勲章を売っている。過ぎた日に栄光のシンボルとして誰かの胸で輝いていた勲章はしょんぼりして、おちぶれてしまった昔のスターのようにはにかんでいる。

それでも勲章には現在でも魅力があって勲章をほしがるひとは意外に多い。

それならば全員にタダで勲章を授与するパーティーをやってみようと突然思ったのだから我ながらぼくはヘンなひとだ。

勲章のかたちのバッジを業者に注文してつくらせた。デザインはぼくがした。お菓子についているオマケみたいなものだから安っぽいがそれでも愛らしくできた。

賞にはあまりエンのなさそうなひとたちにあげるのだからメインテーマを「賞がない」「ショウガナイ」という駄ジャレにした。

そして「ショウガナイカラショーガナイ」と生姜（しょうが）音頭を最後に踊るという前代未聞のくだらなさである。途中でいくらなんでも冗談の程度がひくすぎると後悔した。

いやはや人生晩年恥多しで、これでは昔もらった勲章も没収されるかもしれない。

赤ペラ

ア・カペラ（a cappella）というのはルネサンス時代の教会合唱の様式だが、今は無伴奏のコーラスのことを意味することが多い（広辞苑による）。

しかしぼくは無智だから、長いあいだア・カペラは赤ペラだと思っていた。

赤は赤の他人とか赤裸々とか赤心とかまじりけのないというような意味で使うことが多い。ペラはペラペラとおしゃべりとか発声の形容に使う。だから赤ペラは伴奏ナシで勝手気ままに歌うことだとすっかり思いこんでいた。だからぼくは無伴奏で歌う時は「赤ペラで歌うからね」と言っていた。

誰も「それはちがう」と修正するひとはいなかったので、ずーっとカンちがいしたままでア・カペラを赤ペラと発音していたのだからまことにお恥ずかしい。

世間にはカラオケファンという人々が大勢いて、カラオケ喉（のど）自慢のコンクールもあり、ひとたびマイクを握ったらにぎりっぱなしで他人に渡さないというひとや、マイマイクを特注して専用のマイクで歌ったり、衣装もプロ歌手もどきで完全にハマっているカラオケオタク

もいる。

「やなせさんはカラオケが得意でしょう」と時々言われるが、とんでもない。ぼくはカラオケは大の苦手でカラオケボックスとか、そういう場所には一度も行ったことがない。

宴会場で指名されても、すべてやなせ流の赤ペラ。無伴奏である。

なぜかといえば、カラオケだと、カラオケの伴奏どおりにきちんと歌わなくてはならない。あれがいやで不得手なのだ。

歌う時はテンポもリズムもメロディーも自分の気分で好き勝手に歌いたい。

のばしたい時は思いきりのばし、マをおくのもその時の気分しだいである。

ぼくはもともとが自由主義の人間で、きっちりと型にはまってしまうのが嫌いである。

でも自由主義であるということは他人の自由も尊重しなければならないから、マイクの独占とかはしない。むしろ控えめにしている。

伴奏者がつく場合は、伴奏のひとに、楽譜どおりには歌わないので、アドリヴでうまく歌にあわせてほしいと依頼している。

伴奏のピアニストはプロだから「そこで一拍おいて」とか「リズムがあってない」とか「音程が狂っている」とか文句を言う。

「ピアノが主役ではない。君は伴奏だからぼくの歌がひきたつようにカバーしてうまくやってほしい」とはぼくの勝手な注文。

よく知っている仲よしのピアニストでなければたのめない。

ほとんどの場合、無伴奏で勝手気ままに歌っている。それでもうまくいけば全員の手拍子が入って、大いに盛りあがってしまうこともたまにあるのでうれしくてやめられない。時々反省して、人生の晩年になっているのにみっともないと思いはするのだが。

靴下の幸福

ぼくは世界にひとつしかないデザインの靴下をたくさん持っている。毎日はきかえて楽しんでいる。

靴下というのは靴とズボンに隠されていていつもはほんのちらりとしか見えない。

だから普通は単色である。黒とか青とか白とか赤とか灰色系が多い。

ところがぼくの靴下は全部キャラクターが入っていて、それがさまざまにデザインされている。ひとつとして同じものはない。

眼ざとく見つけたひとが「すてきな靴下ですね」と誉(ほ)めるとぼくは少し得意になる。

「ええまぁね。さしたるものではありませんがねウフフ」なんて悦にいっている。

さて、それではどうしてそんな靴下をはくようになったかというと、これは全部もらいもの、プレゼントであって、ぼくはビタ一文も、ほんの一円も代金をはらっていない。

お金をだして靴下を買ったことがない。

それでは誰がプレゼントしてくれるのかといえば、ぼくのやなせスタジオのスタッフが全

員で少しずつお金をだしあって、ぼくの誕生日に箱につめてプレゼントしてくれる。

はじめはみんなバラバラだったがプレゼントというのはむつかしい。個人では安いものしか買えない。安くて面白くてというものを探すのは大変だし、もらった方も役にたたないものを数多くもらうのは感謝はしても、かえって迷惑。靴下は衣料品の中では毎日はくからいたみやすい。ほとんど隠れているから、似あう似あわないを気にすることもない。

スタッフはみんな絵を描くので、デザインのセンスがある。靴下一品製作の店を発見したので、そこへ依頼することになった。

これが好評で、好評というのはぼくのことなのだが、このユニークなプレゼントはすばらしいねと大よろこびした。

そこでこの一品製作デザイン靴下が定着して、毎年もらうので、大量にたまってしまったというわけである。

プレゼントするほうも、あらためて相談することもないし、デザインする面白さもある。もらう方も「はて今年はどんなデザインかな」と楽しみである。

かくしてぼくは世界に一足しかない靴下を大量に持つ身分になったのである。

靴下にとっても、ぼくにとっても、これは幸福である。めでたしめでたしなのだが、ぼくが責任編集している「詩とファンタジー」という季刊誌の三行詩のコーナーに次のような詩があった。

ほんとは靴中
なのに
なぜ靴下なの

そのとおりである。ぼくは笑った。靴の下は靴の底である。たしかに靴中のほうが正しい。しかしいまさら靴中と言っても通用しない。靴下は靴下のままで、ぼくは生きてる限りユニーク靴下が毎年ふえていく。

3館めのミュージアム

土佐山田駅前に観光案内のちいさな建物ができて、4月1日のオープニングに出席した。子供の頃には土佐山田駅は立派で、山田の町はにぎやかと思ったが、今見ると田舎の小駅で、アンパンマンミュージアムに行くために土佐山田駅に降りたった旅びとはいくらか心細い気分になるかもしれない。

高知駅は見ちがえるほど綺麗に改装されたのに、途中の駅まではJRとしてはまだ予算が足りないのだろう。

観光案内所のすぐそば、駅舎の左に得体の知れない建造物が置いてある。はじめ、ぼくはそれが何なのか理解できなかった。聞いてみると竜河洞の模型なのだ。なるほどと思ったが、いかにも愛嬌がない。これはやはり竜河洞のキャラのリューくんの立像をベルギーの小便小僧のように置いた方がよほどいいのではないか。

案内所は小ぢんまりとしてよく出来ている。でも周囲との調和はさして良くない。まず駅の正面をなんとかしなければと思った。

4月23日には三重県桑名市に名古屋アンパンマンこどもミュージアム＆パークのグランドオープンに出席。

横浜アンパンマンこどもミュージアムに続いて2館めである。香美市のアンパンマンミュージアムを入れると全国で3館めになる。3館とも全く性質がちがう。

今度のミュージアムは既設のナガシマスパーランドというレジャーパークの中にあるからミュージアム以外にも戸外で遊べるようになっているのが魅力的だ。ゴールデンウイークには入場券を買うのに1時間待ち、平日も客足はさして落ちないみたいである。

香美市の場合はテーマパーク的な要素はうすいが、山峡の自然は美しく、展示する絵の数は一番多くて、いかにもアンパンマンの故郷、生誕の地という感じで、詩とメルヘン絵本館・多目的ホールの3館で形成している面白さがある。

来年は仙台にもアンパンマンこどもミュージアムがオープンする気配である。うれしいことはうれしいが、こんなにあっちこっちにできていいのかなあという不安もある。

この種のハコモノ施設は成功例が少なくて失敗したケースは非常に多い。あんまり浮かれすぎてはいけないと、いつも自戒している。しかし走りだしたクルマをとめるのは難しい。安全運転を願うしかない。

草深い故郷にひっそりと建てて、自分の作品をとにかく保存しておきたいという最初の願いから外れて、だんだん派手派手しいことになっていく。

ここまでくれば世界を相手に挑戦してみたいとも思うし、もう人生晩年だから、このあたりでストップして、静かに暮らしたいとも思う。作者なんてものはしょせん浮草稼業、流れに身をまかせるしかない。

ぼくのマニフェスト

マニフェスト（manifesto）というのは広辞苑によれば「宣言」。特にマルクス・エンゲルスの共産党宣言とあります。

なぜ最近は保守系の政治家が、マニフェストと言うんですかね。なんかヘンだと思うのですが、すっかり定着して、日本語みたいになって、マスコミも使っている。

政治家が「マニフェスト」と言う場合は国民に対して公約した政策の実現を宣言しているのだから、重大な責任がある。

しかし時の激流は変化しやすいので、それに対応して変化することもあるのはやむを得ない。ほとんど実行できず、実行してみればむしろよくなかったということになると、さすがに国民の皆さまもこれはダメだとあきれかえって小鳩ラインは短命に終わった。

さて、ぼくなんですが、明日の運命誰か知るの水に流れる浮草稼業、不安定な自由業だから、もちろんマニフェストなんかない。

深夜眼ざめれば、コンプレックスにおそわれ、こんなノーテンキな暮らしぶりではお天道

さまに申し訳ないと反省する（してないか？）。けれども一夜明ければ、また虚業を続けているので、えらそうなことは言えません。

ぼくは去年「人生、90歳からおもしろい！」という本をフレーベル館から出版した。内容は高知新聞に連載している「オイドル絵っせい」の中から第三者にえらんでもらって編集加筆して出版した。

本のタイトルの「人生、90歳からおもしろい！」はともすれば悲観的になる晩年にささやかながら希望をもってほしいという願いをこめた。決してマニフェストではない。この本が出版された時にぼくは90歳になったばかりで、本当に90歳から面白いかどうかはまだ自分では実は不明でした。

90歳まで生きて仕事ができるとは全く予想外だったので、シドロモドロながら90歳の峠を越えた時はうれしかった。はしたないことに「俺（おれ）もついに90歳」と自慢するようになった。他になんにも優れたところがないので、せめて90歳でまだ現役と浮かれてしまったのは軽薄で恥ずかしい。

しばらくして落ちつくと、決してマニフェストではないとは言ったものの、もし90歳から面白くならなかったら嘘ついたことになる。努力して無理してでも面白くしなくてはいけないと責任を痛感したのです。

そこで、なるべくイベントには出演して、とんだり、はねたり、歌ったりして、筋肉痛に耐えながら、外見元気そう、面白そうに、顔で笑って暮らすことにいたしました。

すると健康雑誌がやってきて「お元気の秘密は？」なんてインタビューで質問するのでこれにはほとほと閉口。

「いやいやこれは、無理に元気そうにしているだけで、ほんとはポンコツ」と答えると、なぜだかみんな大笑いで、不本意ながらこれも面白い部類に入りますかな。

龍馬の経済効果

龍馬空港からはじまって、現在の高知は龍馬一色にぬりつぶされた感じである。

もしも坂本龍馬が生きかえってきて、この光景を見たら、なんと言うだろう？

「おまんら、何を大さわぎしゆうがぜよ。たかでたまるかヤチがないねや。この龍馬にも肖像権があるがぜよ。坂本龍馬で金もうけするがやったら、利益の1割はワシに払わんといかんがぜよ」とは言わないにしても、あきれかえって、また冥土へ帰っていくにちがいない。

なにしろ、まんじゅう、せんべい、団子その他(ほか)の菓子類、酒のレッテル、龍馬御膳(ごぜん)なんて定食もある。肖像写真は桂浜の銅像をふくめて無数に展示されている。NHKの福山雅治の「龍馬伝」の写真もあり、全く別人の顔をしたゆるキャラまがいの人形とか、似顔絵の龍馬もどきも、みやげ物売場に山積みである。壮観というか奇観というか、さすがNHK大河ドラマの威力はすごいと感心する。

それにしても歴代大河ドラマの中でも、これだけキャラクターと出版物がはんらんしたのは突出しているのではないか。

ひとつには現在の日本の政治不信、政権不安定、混乱と不景気につくづくいや気がさした大衆の心に、一種の英雄待望の気分とさわやかな救世のヒーローの出現を期待する感情があるせいだと思う。

33歳の若さで、凶刃に倒れた龍馬の人生を偲（しの）ぶと、現代の若者の無気力と幼稚さが気にかかる。成人式にありがちな馬鹿さわぎは青春の愚行としても、あまりにもガキっぽくて、知性のカケラもない。あんなものはユーモアではない。維新の志士の大部分は20歳前後の若者だった。情熱と燃える魂があった。過激に走ることはあったにせよ、天下、国家を論じて行動していた。それが時代の革新の原動力になり、古い日本のくさりを解き放って近代国家へと変化していったのだ。

もっとも、これは自分のことは棚にあげて言っているので「じゃ、あんたの20代はどうだったのか」と詰問されると、頭をかいてあやまるしかない。

いやはや、ぼくも全く愚劣でした。今思うと後悔と恥ずかしさで穴があれば入りたくなる。典型的なダメ男で、学業はおろそかにして、考えるのは異性のことばかりで、なさけない。よく今まで生きのびたものだ。

それはさておくとして、龍馬は土佐の豪商才谷家の一族、商人の血が流れている。我国最初の株式会社といわれる亀山社中や海援隊の活動の中心人物であったのだから、生きていれば岩崎弥太郎の三菱をしのぐ海運業界の巨星になっていたかもしれない。

しかし、まさか死後に故郷高知にキャラクターとして経済効果をあげることになろうとは、当の本人はもちろん誰ひとりとして予測しなかったと思うがぜよ。

歌う健康法

ＮＨＫで「ゲゲゲの女房」を放送している。漫画家水木しげる氏の奥さんの原作でぼくも大変に興味深く読んだ。

ドラマは中々(なかなか)面白いが、水木しげる氏と奥さまは失礼ながら、ドラマの方が実物よりも美男・美女なのはしかたがない。

そして実物の水木しげる氏の方が、もっと面白い。筆舌につくし難いところがある。普通のひととはちがっている。本人が愛らしい妖怪でこの世のひととは思えない。

小学生時代寝坊して朝の一時限めの授業には間にあわず、したがって劣等生、絵と作文の成績だけは良かった。

「手塚治虫も石ノ森章太郎も徹夜で仕事したと自慢していたが、眠らなかったから、早死にしたのだ。俺は充分寝ていたから、まだ元気だ」と本人は大いばりでおかしい。

ぼくは朝寝坊ではあったが、授業におくれることはなく、小学校時代はこれでも優等生だった。気がちいさくてね。毎日授業におくれるなんて大胆不敵なことはできなかった。

まがりなりにも漫画家になってからは、よく徹夜、半徹夜をして昼頃（ごろ）に起きていた。さしていそがしくはなかったが、仲間の漫画家がみんな徹夜していたので、仕事は徹夜してするもので、そうでなければ良い作品は描けないと思いこんでいた。やはり相当なバカだから見栄はって無理に徹夜していた。

ところが病気がちになり、年もとってきたので徹夜すると翌日はボンヤリしてしまう。

その頃、怪人水木しげる氏に逢い、ぼくもさっそく「よく寝る派」に転向した。

朝食後に寝て、昼食後にも寝る。電車でも寝る。寝てばかりいる。たまに起きて仕事しているうちに、いつのまにか90歳を越えた。

それはいいのだが、今度は運動不足でね。中性脂肪はふえるし、心臓は悪化するしで、病気のデパートみたいになった。

さりとてスポーツは不得手だし、三日坊主で何をやっても永続きしない。

動かない自転車とか、足踏み式マシーンとか、はじめたが、５００回ぐらい踏むと退屈する。ＴＶ見ながらやってみても、どうもうまくない。腕たて伏せだけはごく軽便な感じで昼寝の時に40回ぐらいやる。

足踏みマシーンは思案して歌いながら踏むことにした。３曲ぐらい大声で歌う。

これがいい。喉（のど）も声も、肺呼吸もきたえられるし、全部自分の作詞・作曲なので、いい気分で歌ってリズムにあわせて足踏み運動。

ぼくはアンパンマンコンサートを年に5回ぐらいはやるから、その練習にもなる。

というわけで、現在は歌う健康法である。水木しげる氏は本人は自覚していないみたいだが普通のひとではない。あきれた人物と思っていたが、反省してみると自分もヘンテコ老人で、90歳すぎて足踏みしながら毎朝歌っているのは奇妙だ。とは思っても職業が漫画家だからいくらかヘンでもしかたがない。

私的暴論

相撲協会が暴力団排除の宣言をした。それについてアンケートを求められたが、おことわりした。正直言ってよく解らない。

相撲の世界も暴力団もぼくはよく知らない。よく知らない者が勝手な意見を言うべきではない。

バクチに誘われた方が悪くて社会的に制裁を受けたが誘った方の罪がもっと重いのではないか。暴力団と会食したというだけで非難されるが、会食に誘った方は「よくも素人と会食したな、謝れ」と言われないのか。

それに暴力団というのがどうもよく解らない。外見は普通の人間だと思う。額に暴のハンコでも押してあれば判別できるが、どうやって見わければいいのだろう。

「失礼ですが、暴力団の方でしょうか」と聞くわけにもいかない。

暴力団というのはヤクザのことだとすればヤクザ映画は禁止すべきだし、水戸黄門も風車の弥七もよくヤクザのバクチ場でバクチをするシーンがあるから、れっきとした犯罪者で、

社会的責任を負うべきだ。

バクチが罪ならば、競馬も競輪もパチンコも宝クジもバクチである。中には破産するひともいる。全部禁止すればいい。

さて相撲協会だが国技であって陛下も御覧になる。国歌も歌う。これを泥だらけにしてしまっていいのだろうか。

おそらく罪の意識は全くなかったと思う。予告期間をおいて警告を発してからやるべきではなかったか。身びいきもあって言うのだが、土佐出身の豊ノ島関は善良そのもののようなひとに思える。バクチに誘われたということで断罪されるのは気の毒だ。

それでもぼくはアンケートには答えない。くりかえすようだが、両方ともよく知らないので無責任なことは言えない。

相撲協会は「暴力団入場おことわり」のビラをはっているらしいが、こんなもので効果があるなら各家庭の玄関にも「空き巣・泥棒の方はおことわり」というビラをはるだけで犯罪が防止できる。

スローガンやマニフェストだけなら、誰でも言える。「世界を平和に」というポスターを何枚はっても戦争は終わらない。実行できなければ意味がない。

飲まず、打たず、買わずの品行方正の力士が、決して品格を損なわず、神聖な土俵で勝負するというのはいいことにはちがいないが、そんなことが現実に可能だろうか。

ぼくらは人間の社会に生きていて、人間らしい欲望があり、血も涙もハナクソもある。暴力団というのがそんなに悪いなら、すべてつかまえてしまって投獄するか死刑にしてしまえばいい。

ぼくの言ってることは無責任な私的暴論であることは承知している。しかし、日本の国技である相撲が、机上の正論によって崩れそうな気配があってつらいのである。

散るぞ悲しきの作者と

大変おくればせながら、梯久美子さんの「散るぞ悲しき」を読んだ。御存知と思うがこれは硫黄島総指揮官、栗林忠道氏のノンフィクション戦記で、大宅壮一ノンフィクション賞を受賞したベストセラーである。

ぼくは戦争の映画も戦記もほとんど見ないし、読まない。戦争が心底嫌いなのだ。正義の戦争なんて存在しない。要するに大量の殺人、狂気だと思っている。

それではなぜ「散るぞ悲しき」を読んだかといえば、久しぶりに作者の梯久美子さんと対談することになったからだ。

梯久美子さんは20代のういういしい青春のまっただ中の時代に、ぼくが編集長をしていた月刊誌「詩とメルヘン」の編集スタッフだったのだ。

戦記物のノンフィクションを読むのはちょっとつらいなあと思いながら、ページをめくったとたんに、ぼくはこの本に魅了された。

傑作である。プロローグがすばらしい。このプロローグを読めばどうしても本文を読まず

にはいられなくなる。文章はきっぱりとして壮快。小気味のいい名文。梯さんがこれほどの書き手であることに、当時のぼくは気づいていなかったのはまことにウカツであった。

しかも高知に大いに関係がある。このプロローグは85歳と79歳の老夫婦が肩を寄せあって暮らす南国高知のはりまや橋の近くのおだやかな光のさしこむ部屋で、貞岡信喜氏が、朗誦する硫黄島総指揮官、栗林忠道中将の最後の電文からはじまる。

貞岡信喜氏がいかに栗林中将を敬愛していたか、この心情が痛いほどぼくには解る。

自分のことになるが、ぼくは基本的にだらしない人間で、規律にしばられるのが大嫌い。

それが自由主義を教育方針とするデザインの学校に入り、水を得た魚のようにノビノビと育った。ぼくらの若い頃は国民皆兵で、男はみんな適齢になると軍隊に召集された。

ぼくは九州の小倉七十三野戦重砲隊に入隊した。軍隊に入る時家族は心配した。「タカちゃんは兵隊は無理だ。三日ともたずに逃げだすにちがいない。その時はどうしようか」と相談していた。当時軍隊を脱走すれば国賊であり、犯罪者として投獄された。

たしかに軍隊はぼくには不向きであった。問答無用で毎日なぐられた。ところが1年ぐらいすると、実にすばらしい男性がその中にいることに気づいた。特に陸軍士官学校出身の青年将校は純真で、見るからに颯爽（さっそう）としてほれぼれとするひとがいた。一方悪い方は徹底的に悪い。意地悪で乱暴で粗雑で無智である。軍隊の中では人間の本質が白日の下にくっきりとさらされる。そして軟弱人間であったぼくはたしかに変化した。現在91歳で姿勢がいい、声が大きいと誉（ほ）められるのはそのせいである。ただ基本的にはだらしないので、梯久美子さんとの対談もすっかり脱線してとりとめがなくなったのは申し訳ない。

若い父

ぼくの父は柳瀬清である。朝日新聞の中国特派記者として南支のアモイで32歳の若さで客死した。仏壇にかざられている写真は30歳ぐらいの時のものだと思う。上海で撮影されたもので、父は上海の東亜同文書院を卒業して青春の多感な時代を上海で暮らしている。父が亡くなった時、ぼくは5歳、弟の千尋が2歳だったから、父の記憶はうすい。それなのにぼくは父が大好きである。一種のファーザーコンプレックスと言われても決してマチガイではない。

毎朝、毎晩ローソクに灯をともし、線香をくゆらせて父にあいさつして、念仏を唱える。父の写真はひどく若い。今ではぼくの孫の世代である。それでも、この若くて上海育ちの青年は父親である。いつまでもそれ以上に年をかさねて老人になることはない。永遠の青年のままだ。父が若い姿のままだから、ぼくも老人になりたくない。できれば青年のままで、父に叱(しか)ってもらいたい。

時としてぼくは父が書き残した文章を読みかえす。壮快な名文で、とてもぼくの及ぶとこ

ろではない。絵もぼくよりうまい。頭脳もぼくよりいい。口惜しいことにルックスもぼくより良くて、快活なモダンボーイである。

この父親に育ててもらえば、ぼくはもっと上等な人間になれたかもしれない。

ぼくのところへ仕事の依頼にくるちいさな広告代理業の会社の社長は60歳だが、ぼくに逢うと「私の父は先生と同じ91歳ですが、まだまだ元気で、クルマの運転もしています」と自慢する。「クルマの運転はやめさせなさい。本人は自覚しなくても、反射神経も視力も老化しているから危険です」とぼくは言うが、内心はうらやましくて仕方がない。

父親が元気で息子と仲良しなのはいいなあ。女親にはないものが父にはある。男心に男が惚れてというような微妙な部分で解りあう。

そして、妙な話だが、今頃になって孝行がしたくなった。親をよろこばせたい。せっかくいくらかのお金が入っても、親に報いることができない。

歌手の八代亜紀さんが23歳で家を購入、故郷にも新築、両親が「アキはすごか」と大喜びという記事を読むと羨望に耐えなくなる。

ぼくも大喜びさせたかった。ぼくは人並み外れてダメな子だったから、心配かけることが多く無理とは思うが、人生の終わる頃になって、やっと人間が一番うれしいことは人間をよろこばせることだと気がついた。可能な限りサービスするサービス業者である。ひとがうれしそうに笑う顔を見るのが一番うれしい。

そのために逆に自分が傷ついてしまったり、損害をうけることも多いが、恐れていては何もできない。心の中で「お父さん、こんな風でよかったかな」と仏壇の父親に問いかける。父の返事を聞くことはできないのが残念だが、勝手に自分で「うんよしよし、いい子だ」と誉めている。

第6章

とびつづけるアンパンマン

ゆず

毎年この時期になると故郷のアンパンマンミュージアムからゆずを送ってくる。アンパンマンミュージアムには公園とはとても言えない程の小さな「やなせたかしの公園」がある。そこに野生のゆずが生えている。

そのゆずを送ってくるのだが野生なので小さくてあまりきれいではない。しかし芳香は充分にある。ところがこのゆずの木が余りにも背が高くなりすぎたので去年剪定をした。すると今年は実に見事な金色のゆずの実が送られて来た。剪定したので栄養が充分実にまわったらしい。このゆずの実を見ると嬉しくなる。故郷にいる時ゆずの実を見ても何とも思わなかったが、東京でマンション暮らしをしているとこのゆずの実は宝石のように見える。昔青森に行った時、その辺の民家に入ると庭にリンゴの木があって大きなリンゴの実がたわわに実っていた。それを見ると実に童話的な感じがして素敵だと思ったが、その家の人にとっては多分何でもない風景だったと思う。沖縄へ行った時は普通の農家の庭に芭蕉がたくさん生えていて、またモンキーバナナのような沖縄産のバナナが実っていて、その時も童話的でうらや

ましいと思った。しかし多分それもその家の人には何でもない普通の風景だったに違いない。

僕の家の庭には内紫という野生のミカンのなる木があった。現在は改良されているが、非常に皮が厚く果肉が紫色なので内紫と言う名だった。文旦や長崎のザボンと同じような種類である。赤ちゃんの頭ぐらいある大きなミカンである。その時は僕にとっては何でもない風景だったが、初めての人が見ればやはり童話的な風景だったと思う。その真っ只中にいる時にはそこに住んでいる人は分からない。僕の故郷は山峡の秘境に近いような静かな村だったたから、周りは自然が一杯で生命に溢れていた。しかしそこに居た時にはそれがどんなに素晴らしいかという事は少しも分からずに都会に憧れていた。僕は片田舎の出身なのに何故か都会の方が好きで、ネオンの光とか人工的な色彩とかエキゾチックなものが好きであった。それは現在でも変わらない。理由は分からないけれど、多分父親がその青春を国際都市上海で送ったという事がいくらか関係しているのかも知れない。しかし僕もついに人生の晩年に達した。するとこの頃になって故郷の良さが分かる様になった。やなせ小公園を造る時、土地の人はごく無造作に「ゆずの木も切ってしまいましょうか」と言ったが、僕は是非残しておいて下さいと言った。残しておいて本当に良かった。自分の土地のゆずだと思うとゆずが可愛くて堪らない。ゆずの酢を絞ると芳香が漂う。うっとりとしてしまう。酢は非常においしい。売っているものとは一味違う。絞ったものは風呂にいれてゆず湯にする。ゆずの香りの湯煙に包まれていると、しみじみと今まで生きていて良かった、幸せだなあと思う。

きめセリフ

「ジャムおじさんに知らせて」と言うと、ジャムおじさんは「バタコ！　パンを焼くよ」と言ってすぐにパンを焼く。アンパンマンは新しい顔になると元気百倍！　というのがいつものストーリーである。

しかしジャムおじさんが危なくなった時ジャムおじさんは何と言えば良いのだろう。「アンパンマン助けて！」とは絶対に言わない。ジャムおじさんは一体誰に助けを求めれば良いのだろう？

僕はアンパンマンの作者である。僕はアンパンマンではないのに何故か僕に助けを求める人が多い。アンパンマンと混同しているみたいである。そして僕が危ない時、僕は誰に助けを求めれば良いのだろう？

神様という存在がある。あるいは仏様という存在もある。しかし多くの信者がお賽銭（さいせん）をあげて口々にお願いをしたとすれば、神様はあまり多くて処理できないのではないかと心配になる。神様や仏様は自分が危ない時は誰に助けを求めるのだろう。自分で切り開いていくし

か仕方が無い。

宮沢賢治の詩の中に「雨ニモ負ケズ」という作品がある。非常に有名だから皆さんも良くご存知と思う。しかし手帳を見ると詩の終わったところから、南無妙法蓮華経という乱れた文字で一面に書き散らされている。しかしどの詩集にもこの文字がカットされている。宮沢賢治の本当の願いはこの題目の部分にあると思う。病気が重くなり自分の命が危ない。その時にすがったのは日蓮宗である。雨にも負けない丈夫な身体になりたいという切ない思いがこの詩の中に込められている。

僕も最近すっかり細胞が衰弱してピンチに陥る事が多い。それでも何とか切り抜けて仕事を続けてきた。アンパンマンが絶体絶命のピンチに陥りながらも顔を換えてもらう事でまた戦えるのは、僕の願いと体験が入り混じって入っている。そうしてシドロモドロながら現在まで描き続けて来た。また不思議な事に、何の苦労も知らない産まれたばかりの年少の0才から5才ぐらいまでの幼児のファンが非常に多いのは何故なのだろう？　アンパンマンは決して幼児用に描かれていない。テーマソングも今のアニメソングの中では相当難しい。それなのに僕は今やすっかり幼児用の作者である。何故こうなったのか分からないまま仕事を続けている。

ジャムおじさんは本当は孤独だと思う。ジャムおじさんのもう一つのきめセリフは「おいしいパンを作ろう」である。僕のきめセリフは「面白いお話を作ろう」である。別に教訓的なお話を書こうとか、子供に道徳的な事を教えようとかいうことはほとんど考えていない。僕にはそんな資格はない。ごくありきたりな、あまりうまくない漫画家のはしくれに過ぎない。大それた事は出来る筈がない。面白がって楽しんで下されば良い。

ジャムおじさんも多分、おいしいパンを作りたい一心で仕事をしているのだと思う。

真珠区

ぼくは新宿に住み着いて50年以上になる。この50年で新宿はすっかり近代的な都市に変わった。昔の新宿は混乱した垢(あか)抜けない奇妙な面白さのある町だったが、超高層ビル群が建ってから徐々に整理されて今では東京の都心である。ぼくもすっかり新宿に馴染(なじ)んで今は名誉区民になり「新宿シンちゃん」なんていうキャラクターを作ったりしている。

ぼくは昔人間だからパソコンもケイタイもやらないが、メールを打ったりホームページを見るぐらいの事は出来る。パソコンには漢字の変換というのが有りますね。ローマ字で打って変換キーを押すと漢字に変換される。ところが同音で違う言葉が多いので時々奇妙な文字が出てくる。ぼくがＳＨＩＮＪＵＫＵと打つとなぜか真珠区と出る。何度やっても同じである。パールの真珠区とは詩的な美しい言葉だが新宿よりは使う事が少ないと思うのになぜ真珠区と出るのか分からない。でもこの言葉は好きなので新宿シンちゃんのテーマソングを作った時も「真珠のように美しい街、新宿」という言葉を入れた。

真珠というのはご存知の様にミキモトパールで世界的に有名である。若い頃、伊勢志摩の

旅でミキモトパールの現場を見学した。真珠貝に抱かせた養殖真珠を職人の女工さん達が手際良く取り出してゆく。みるみる箱の中は真珠で一杯になる。まるで豆粒のように貴重な宝石は無造作に容器の中に溢(あふ)れている。しかしその真珠は今度は厳密に選別される。同じように真珠貝に核を入れて作らせたのに大部分はただの屑(くず)の真珠になって捨てられてしまう。残ったものもさらに選別されて色も形も良く出来たものはほんの少ししか無い。等級がつけられて安い真珠と高価な真珠になる。それを見ていると何だか悲しくなってきた。

ぼくは多くの作品を生み出しているがその全部が素晴らしい真珠の様な作品に仕上がる事は無い。大部分が屑になって忘れ去られ消えてゆく。ぼくはデザインの学校を出て漫画家を職業にしたが、一方ではメルヘンを書きたいという気持ちが強くあった。今から40年くらい前ＰＨＰという松下さんのやっていた雑誌から注文があり、1年連載で12本の短編メルヘンを依頼された。ぼくは真珠のようなお話を作りたいと思った。そして一番最後の話は内容を決める前にタイトルを「十二の真珠」と決めた。そして12の短編メルヘンを書いた。でも力が及ばず殆(ほと)んどは忘れ去られてしまった。しかしその中にアンパンマンがあったのだ。アンパンマンはぼくの作り得た一粒の真珠だったかも知れない。しかしその時は全く気が付かなかった。今、新宿が真珠区と読めるのは何かしら自分の仕事を暗示している様な気がする。今でもぼくは真珠のような作品を書きたいと思いながら新宿でセッセと仕事を続けている。

とベー・アンパンマン

今年は香美市のやなせたかし記念館アンパンマンミュージアムの創立15周年になる。ミュージアムから何かやりますかと相談があったので、思案した結果現在建っている「だんだん」のブロンズ像に対抗して飛び立とうとしているアンパンマンの像を作ろうと思った。アンパンマンが飛び立とうとする姿勢のものは現在までどこにも無い。スケッチを送り既に石膏（せっこう）の原型は出来ている。本当は飛んでいるアンパンマンを作りたかった。しかしアニメーションのアンパンマンは飛べるが、着ぐるみのアンパンマンもブロンズのアンパンマンも飛ぶ事は出来ない。テレビで後楽園の野球中継を見ていると小型の飛行船が飛んでいるのが見える。あれをアンパンマンの形にして飛ばせないかと思ったが、野外という事を考えるとぼくの現在の資力では無理である。

実はミュージカルでは何度もアンパンマンを飛ばす実験をしている。一度はワイヤを張ってアンパンマンの人形を客席から飛ばし、ステージに着くとアンパンマンがヒラリと現れる。しかし人形は人形である。時々途中で引っかかったりし、あまり上手くいかなかった。ピー

ターパンではフライングもやってみたがあまり面白くなかった。

今のアンパンマンミュージアムは物部川の南岸にある。ぼくの故郷の家は物部川の北岸にあった。久しぶりに訪れてみると草茫々(ぼうぼう)として荒れ果てていた。これではやなせ家の先祖に対して申し訳ないと思ったので業者に依頼して整地してもらった。300坪の土地がきれいに完成した。さて、この土地をどうしようか。これも現在思案中でまだはっきりした計画は出来ていないが、いずれ何かモニュメントのような物を建てようかと考えている。

たとえばここにもアンパンマンが飛び

立とうとする像を作り、そしてやなせ家についても短い記録を書き残した碑を建てようかとも思っている。もし自分に莫大(ばくだい)な資産があれば、北岸から南岸へロープウェイを作ってアンパンマン型のゴンドラを飛ばして故郷の景色を一望出来たら面白いと思っているが、これもやはりちょっと無理である。実はロープウェイの夢はもう一つあって、御在所山の山頂までロープウェイをつけられないかと思っている、もちろん無理だが。何故かというとこの山頂に安徳帝の韮生山祇(にろうやまずみ)神社がある。平家伝説は各地に多いがこの安徳帝の神社は本物だとぼくは確信している。何故なら在所山の麓から2千段の恐ろしく傾斜の強い階段を登らねばならない。もしこれが源氏を欺く計略だとすれば、こんな不便な所に作る筈(はず)が無い。という事で夢は果てしなく広がるが、吹けば飛ぶような漫画家としては、とべ！アンパンマンの像を作る事が今のところ精一杯である。

希望ハンカチ

こんどの東日本大震災は想像を絶する大災害で大自然の猛威には人間なんて、か弱いものだと痛感した。しばらくは茫然（ぼうぜん）として何も手につかなかったが、悲惨なニュースの続く中でわずかに心を慰めたのは、FMラジオから流れたぼくの作詞したアンパンマンマーチが傷ついた子供たちを元気づけ、みんなで歌っているというニュースと、もうひとつは岩手県の陸前高田市が市の80％を大津波で海に流され、7万本の美しい松並木も根こそぎ海にさらわれてしまったが、奇跡的に1本の松の木だけが生き残り、市民はそれを「希望の木」と呼んでいるというニュースだ。

アンパンマンマーチの方はポスターと絵ハガキを作って希望者に配布している。こんな物ではあまりお役に立たないと思ったのだが意外に好評で現在も増刷中である。これからもチャリティコンサートとか出来る限りの事はしていきたいと思っている。

さて、もう一つの「希望の木」であるが、この木は生き残りはしたものの、大津波で塩害のために危険な状態になっている。多分ぼくは見ていないが松の木自体にも相当深い傷を

負っていると思う。

ぼくの学んだデザイン科の同級生は殆ど死んでしまって現在生き残っているのは2人しかいない。漫画家の友達もあこがれた先輩たちもいなくなって、ぼくと同年齢ぐらいでまだ仕事を続けているのはおそらくぼくより3才年下の水木しげるさんだけではないか。つくづく孤独の思いが身に沁みる。

ぼくの肉親関係も姪甥に至るまでほとんどが死に絶えてしまった。そして老化現象が近頃急速に進んで心細い。1本だけ生き残った陸前高田市の松の木は身につまされる。何とかしたいと思ったが7万本の松の木を復興する程の力はぼくには無い。とりあえず、ただ1本だけ残った松の木の歌を作詞作曲した。

そして松の木の絵を描いたハンカチを作る事にした。このハンカチを作って市に寄付すれば「希望ハンカチ」というので運が良いから少しは売れるかもしれない。もし売れなかったとしても、著作権ごと全部寄付するから市は一円も損することはない。売れないなら無料配布すれば喜んでもらえるだろう。

松の木の歌の方もCD化した。これも著作権ごと全部寄付したいと思っている。

聞くだけで元気が出るように作ったつもりだが、ぼくの才能は貧しいからそうはいかないかもしれない。これもいくらかでもお役に立ち、せめて松の木の苗1本くらいは買えればいいと願っている。

今年はアンパンマンミュージアムが15周年、まんが甲子園が20周年、「手のひらを太陽に」という歌を作ってから50周年、自分の人生の一つの節目のような気がする。そろそろ人生のターミナルに近づいた。

終末近くになってこんな悲劇に直面しようとは思わなかったが、決してあきらめず「希望ハンカチ」を振りながら元気に余生を送りたい。生き残った陸前高田の松の木に負けないように、ぼくも生きて、このエッセイをシドロモドロに書き続けていく。

多治見のキャラ

人生というのは自分の思った方向にすすまないことが多い。アンパンマンの作者になり、いつのまにやらそのキャラクター数がギネスブックに認定される世界最多の記録になり、おまけにそれ以外のキャラクターも各地から依頼されいやいやながらやっているうちにこれも大変な数になり、本人がたまげてしまう始末である。

キャラクターデザインというのはぼくの一番不得手な分野で、あれだけはやるまいと思っていたのにこの始末である。

各地のキャラクターを作ってきたが、今のところ一番活用されているのは岐阜県多治見市の「うながっぱ」である。

うながっぱというのはうなぎと空想の生物、河童（かっぱ）が合体して出来た得体の知れないキャラクターである。

多治見市の陶器屋さんの金正陶器と古い知り合いで、現在もアンパンマンの食器を作って頂いている関係でお引き受けしたのだが、ついでに余計なお世話ながら「うながっぱ小唄」

も作詞・作曲した。これはぼくのサービスである。

ところが年々盛大になり、今や多治見市はうながっぱの商品があふれている。

うれしいかと言うと心配でね。こんなに沢山作っていいのかと思った。

ところが市の説明によれば全商品好調で、うながっぱを使ったドラ焼きとまんじゅう屋さんは店を新築してニコニコ、売り上げはうなぎのぼりであると新築した店の写真を見せてくれた。

その他の商品も実に種類が多く、ぼくが売れないでしょうと言った物もよく売れているらしい。

どうしてこんな風になったのかよく分から

ないが、市長とスタッフが大変熱心であった事が原因だと思う。うながっぱの帽子もあって市長もかぶっている。

ぼくは南国市の生姜（しょうが）のキャラクターも作っているのでぜひ一度多治見市へ出張して見学して欲しいと言っているが、腰は重いようである。

高知県の生姜は品質世界一、日本の生姜の生産量の約40％は高知県産である。

新聞の広告を見ると、高知県産生姜使用と大きな活字で組んであるのを散見する。紙にサンゴにカツオブシの時代ではない。しかもこれは健康産業である。日本一の貧乏県としては絶好の素材とぼくは思うがどうだろう。

キャラをデザインするのは子供でもできる。しかしこれを活用するには相当の知恵とアイディアと実行力が必要である。

あまりにも安易にキャラクターを作り過ぎて、ユルキャラコンペなんて騒いでいるのはもったいないとぼくは思うのだ。

一度だまされたと思って多治見市を見て下さい。ごく低予算でつつましくうまく活用していますから。

20年目のまんが甲子園

高知県のまんが甲子園は今年で20周年です。あっという間でしたね。20年も続くとは思わなかった。ぼくは第1回から審査委員長をつとめてきたが気乗りしなくてね。高校生の漫画コンペなんてものは世界中にないし、漫画は学校ではわりあいと勉強の敵ということで白眼視されていることも多い。うまくいかないのではないかと思った。それに審査委員長というのが嫌いで長のつく責任のある仕事はしたくなかった。根っからの自由主義者でルールで縛られるのが苦痛という性格。それならお断りすればいいのだが断るのが下手でいつも引き受けてしまい、深入りしてノッピキならなくなる。責任感だけは妙に強くて肩入れして深みにはまっていくというのがいつもの事である。それでいやいやながら審査委員長をやることになった。出席してみてびっくりした。第1回の大阪の初芝高校の入選作がアカぬけた傑作で感心した。それに世評と違って参加した高校生の諸君が実に純真。懸命に作品を仕上げ入選すると泣きだしてしまう。第2回からは心を入れ替えてぼくも全力をつくして大会に参加することになった。

これはちょっと自慢話になるのでいくらか心がひるんでしまうがそこはかんべん願うということで、世界中に漫画のコンペは多いが審査委員長が身ゼニを切ってアトラクションをやっているのは高知のまんが甲子園だけである。審査と審査のあいだの時間にアトラクションのアンパンマンコンサートを毎年やっている。ぼくが司会も構成演出もやって自分も歌う。費用は全額ぼくが負担する。一体なぜこんなことになったんですかね。自分でもよく分からないがいつの間にかそれが慣例になってしまった。正直言って疲れる。えらいことを始めてしまったと思う

が、身から出たサビでしかたがない。

ぼくの漫画家生活は約60年。20年というのはその3分の1である。まんが甲子園で高知に帰ると空港には出迎えの人がいるし高知市内を歩けば「おかえりなさい」と声がかかる。こんなことになろうとは思っていなかった。

今年は香美市のアンパンマンミュージアムでも会場のかるぽーと内横山隆一記念まんが館でも大展覧会をしている。

20年目だし、もうこのへんがラストステージだから派手にやっておしまいにしたい。

ここまで書いたところで、ぼくは急にぐあいが悪くなり救急車で緊急入院してしまった。幸か不幸か一命はとりとめたが、8月中は全部の仕事をキャンセル、高知へも行けなくなった。

しかしコンサートは例年よりも盛大にやる。「陸前高田の松の木の歌」もこのステージでやるのでぜひ聞いてください。今年は「やなせたかし賞」も新設し、賞品は既に発送した。

第20回まんが甲子園の成功をいのる。

電池人間

ぼくは朝6時に起きる。トイレ、洗面、軽い体操をして7時半頃に仏間で燈明(とうみょう)をあげて父母、肉親先祖の霊に礼拝する。

ローソクに灯をともし、線香の煙をくゆらせて拝んでいると精神が安定してくる。殊勝なようだが、加齢してはじめて父母の恩を強く感じるようになった。今頃になって気がついても遅いが、孝行をしたい時には親はなしである。ごく月並みな後悔をしている。

さて、その日もいつものように仏間で拝んでいたのだが急に頭がフラッとした。冷や汗が出る。脳貧血かなと思って横になっていたがどうもおかしい。脈拍がどんどんおそくなる。ぼくは自分で自分の脈をとるクセがあるのだが、このままではヤバイと思った。どうも歩く自信がない。大げさとは思ったが救急車を呼んでもらって、かかりつけのお茶の水のJ病院まで運んでもらった。点滴でもすれば元気になると思っていた。ところがいきなり集中治療室へ入れられて緊急手術、ペースメーカーを左胸に埋められてしまった。自分が考えていたよりもはるかに危険な状態だったようだ。ところがこのオペは失敗して2日後に再手術、今

度はうまくいって1週間後に退院した。ペースメーカーというのは聞いてはいたが、まさか自分がそれを身体に埋めることになろうとは全く想定外で、ついに電池で動く電池人間になってしまった。なさけない。ところがである。退院してからも自分で脈をとってみるとなんかヘンである。

　トントン、ツーという風に時々脈がとまる。また病院へ行って診てもらうと「やなせさん、止まっていたあなたの心臓が動きだしました。ペースメーカーの指令と自然の脈動の指令が出て混乱しています。この場合は自然復活した指令の方を優先した方がいいのでペースメーカーの電波をもっと弱く調整します」と言われた。そしてメカを持ってきてダイアルをあれこれといじっていたが、そのうちに安定した。

今のところ心臓は順調に動いている。しかし楽しみにしていた第20回の高知のまんが甲子園も仙台にオープンしたアンパンマンこどもミュージアム＆モールのオープンセレモニーも陸前高田市の市長との会見もすべてキャンセルして、自宅静養ということになった。

もう少しで死ぬところだったらしいから良かったとも思うし、あれで死ぬなら楽なもんだ、少しも苦しまずにコロリといけたのにと思ったりした。長く生きてきたし、ぼくのようにさしたる才能に恵まれなかった人間にしては幸運でとても面白かったからもういいかな、とも思う。それに眼（め）と耳も悪くなり仕事がキツイ。けれども容赦なく次から次へと仕事の依頼がある。するとやってみたいなあと思うんですよね。電池人間だけれど動けるあいだは無理しながらでも、できるだけのことはやりたいとけなげに思っている。

ハッピーハッピ

まだぼくが元気でよく旅していた頃日本の漫画家数人とヨーロッパへ行った。そしてホテルのディナーパーティーに出席することになった。困ったことにヨーロッパではいまだにディナーは男性はタキシード、女性はイブニングドレスで正装というところがある。

漫画家はタキシードなんか着たことも無いひとが多い。思案して全員背広の上からわりと上質のハッピを羽織ることにした。民族衣装の正装ならＯＫである。

これが好評でパーティーが終わってプレゼントすると大よろこびである。実に便利だ。

それで日本で国際漫画サミットの時もハッピをプレゼントした。

現在日本漫画家協会の総会では全員ハッピ着用である。あまり高級品ではないが便利である。

ところで高知でやっているまんが甲子園も審査員はハッピ着用ということにした。それまではバラバラだったのでこれで外見的に安定しＴＶ画面が引き締まった。色を変えることで役員も分かりやすい。いつのまにか20年たってぼくも老いてしまい、20回を最後のステージ

にしようと思っていた。ところが突然心臓のぐあいがおかしくなり残念ながら欠席。

その時県から永世審査委員長の記念のハッピをいただいた。永世審査委員長だから実務はしなくてもいいのだが、これがなかなかいいハッピでね。今は1階のハンガーにかけて眺めているが、是非このハッピを着てもう一度ステージに上がりたいと思うようになった。

誰が思いついたのか知らないが、県のプレゼントとしては気がきいていてウイットがあると思って感謝している。

ハッピというのはもともとは職人や火消しのひとたちが着用していたのだが高級品は風格がある。デザインも面白くてイキだし外国人にもよく似合う。日本衣装の傑作のひとつではないかと思う。日本人のデザイン感覚というのは洗練されていて、特に江戸時代の鎖国の時に独自の発達をとげたように思う。日本手拭いのデザインや歌舞伎の引き幕や浮世絵を見ているとそう思う。

ハッピなんてものは実は何でもないようでいて機能的でしかも美しい。しかし安物のペラペラのは大安売りみたいで困りますけどね。それにハッピという発音がハッピーに似ているから幸福感もあるしね。

終戦後に漫画集団の黄金時代というのがあって、横山隆一先生を中心として活躍していた。銀座の夜でもモテモテで時代の花形でしたね。集団に入ると濃紺のハッピの背中に赤でMの字のロゴの入ったハッピをもらう。伝統的な藍染めで洗濯を重ねるほど青い色が美しくなる。着た時はうれしかったけれど今は昔、漫画界はすっかりサマ変わりし主要メンバーはほとんど鬼籍に入り、本格的天然藍染めのハッピも姿を消してとても民族衣装の正装とは言えないアンハッピーな安物ハッピが多くなったのはさびしい。

第7章

だれも知らない元気の秘密

3人の女流漫画家

漫画というのは実に因果な仕事で、絶えずユニークでなくてはいけない。ひとつのパターンにはまってはいけない。タブーがあればそれに挑戦して破壊してしまわなくてはいけない。しかし少女漫画には少女漫画の、家庭漫画にはそれの暗黙のルールがある。ところがそのルールを破壊してしまう勇ましい漫画家も時々いて、ぼくのように小心な人はびっくりする。

西原理恵子さんもその一人です。毎日新聞に「毎日かあさん」を連載して大成功、今やおしもおされもせぬ流行児だけれど、これが家庭漫画のルールと常識を完全に破壊している。ぼくはこの漫画の連載を決めた編集者の勇気と眼力には感心せずにはいられなかった。そこで先日西原さんと対談した時「よくもあの連載が始まったね。普通では考えられない。なぜ?」と聞いてみた。西原さんは事も無げに言った。

「とにかくやってみようということで始まったんだけど、絵が下手、きたないというので悪口の投書が編集部に山積したの。それでも1年は続けて単行本にしてその売れ行きが良ければ続けようという事になったのよ」

結果から言えばこの悪評ふんぷんの家庭漫画は単行本になると売れ行きが良く継続が決定、やがて人気が出てアニメ化もされることになって西原漫画は確立する。たしかに単行本として読むとぐんと面白い。絵よりも文章が多いというハチャメチャな漫画だが、作者自身の生活と子供たちの行動が悲喜こもごもナンセンスでありながら人生のペーソスが流れる詩情あふれる作品になっている。これはタダモノではない。読者はしっかりと反応したのだ。それにしてもこの編集者はやはり具眼の士である。ぼくにはできない。

西原理恵子さんそのひとは実に魅力的で面白い人だ。やはり作品は人生で描くのだとぼくは再認識した。

西原理恵子さんは典型的な不良少女タイプだが、里中満智子さんや池田理代子さんは優等生タイプである。里中さんは学課が99点だと「なぜ100点がとれないの」と叱られたという。全課目100点という少女だったから今もギリシャ神話とか聖書を漫画にしたりしている。ぼくにはできない。

池田理代子さんは中年過ぎてから難関の東京音楽大に挑戦して合格、卒業。そしてオペラ歌手を目指したという恐るべきスーパーレディ。少女時代は「理代子さん、若い娘が勉強ばかりして気持ちが悪い。たまには遊びなさいよ」とお母さんに叱られたという逸話がある。「ベルサイユのばら」はフランス革命の勉強が基本になっている。

3人はまったくタイプが違うがみんなその世界の中で革命をやっている事は間違いない。だから漫画は面白い。そして作者のほうがもっと面白い。

お天気男

僕はノーテンキな性格であまり思い悩まない。ところがお天気に対してはふつうの人よりも妙に敏感である。台風がくるとか異常気象になるとたちまち体調が狂ってしまう。人間の体の血液は海の水とよく似ていると言われている。地球上の生物は海から生まれたのかもしれない。月の引力は海の干満の現象を引き起こしている。血が海の水に似ているのなら血の中にも引き潮と上げ潮があるのではないか。満月の夜の狼男の伝説はあながち作り話と黙殺することはできない。僕は自分ではあまり信じてはいないが、晴れ男と言われている。ここぞという場合は90％の確率で晴れる。一例をあげればごめん・なはり線の開通のとき天気予報は大雨であった。当日線路を歩くという行事が予定されていたが、主催者は何度も天気予報を確かめギリギリになって行事を中止した。式典の会場にはテントが張られ傘が用意された。しかし、僕が到着すると雨は降らず薄曇りで涼しくなり7月としては絶好の気候となった。主催者はなぜ行事を中止するのかと怒られていたが天気予報は確かに直前まで雨だったのである。その他にもこれに似た例は多くどうも自分の中にはお天気に反応する何かがある

ような気がする。

　ところが東日本大震災のような千年に一度の大震災が起きると僕の体も直撃されてしまうのである。体の異状は震災の少し前から始まった。右眼の視力が落ちてきた。まったく何ともない安全な場所でしかもベテランのタクシー運転手だったのに追突事故を起こして僕は前歯をおってしまった。その後すぐに今度は心臓に異常をきたしてペースメーカーを埋めることになった。やれやれと思っているととどめの一発は腸閉塞(へいそく)である。このボディブローはきいた。僕は入院して生死の境を彷徨(さまよ)うことになる。一時は死を覚悟したが手術が成功して命はとりとめた。現在は回復途上にある。しかしもうステージで踊ったり歌ったりは無理である。考えてみ

れば92歳までステージで歌って踊っていたのであるからそっちの方が異常であった。人生の晩年だからこうなるのはしかたがない。やっとまともなおじいさんになったようだ。

漫画家というのは漫画家殺すのに刃物はいらぬ人気落ちればホームレス。

という浮草稼業である。銀座の夜をモテモテでのし歩いていた多くのスター漫画家たちもその末路は割合と寂しい人が多い。華やかであっただけにむなしい気がする。その点僕は恵まれた幸福な漫画家かもしれない。贅沢（ぜいたく）はいえない。あきらめてはいるものの今頃になってやっとわかってきたこともあり自分の没後の墓碑の設計もして覚悟はできているものの少しばかり未練がある。僕を頼りにして生きている人たちのことも心配だ。もしかしたら奇跡が起きるかもしれないとノーテンキなお天気男の僕は思っている。

漫画美術館について

大変遅ればせであるが、参議院議長の西岡武夫氏の死去のニュースを聞いたときショックを受けた。大変に残念である。日本の政治家の中で西岡さんは数少ない漫画の理解者であった。日本漫画家協会の年に一度の総会後のパーティーには必ず出席された。そして文部科学大臣賞についても努力して記念品が出るように手配してくれた。参議院議長になってからも西岡さんは何かできないかと思案したあげく参議院議長賞というのを出すことにしてくれた。僕は参議院議長賞なんて聞いたこともなかったのでびっくりしたがそれは西岡さんのできるせいいっぱいの行為であったと思う。

中国の文化的な仕事をしている人たちに会う機会があると必ず言われるのが漫画の指導者を中国に派遣して下さいである。日本の漫画家が中国に行って向こうで講演することがあると中国の漫画志望者たちの熱心さに驚くという。アニメーションの方ではすでに多くの指導者が中国に渡り日本のアニメ映画は中国や台湾で制作されることが多い。そのために技術は目覚ましく進歩している。

韓国で漫画賞の賞金はどこから出ていますかと聞くとこともなげに「政府から出ています」と答えた。日本では漫画王国と言われながら一円の補助もない、賞状を出すことはあっても賞金は出ない。麻生内閣のとき漫画の殿堂ができそうになり途中でダメになってしまった。しかし僕は内心ホッとした。たぶん失敗するに違いないと思ったからだ。建築家が建築賞をもらうような建築物を造り中身は日本漫画の歴史とか原画の陳列とか漫画本のコレクション、研究室等になるに違いない。これではダメなのである。見る人のことを少しも考えていない。

国立ではないが失敗例として都の現代美

術館、高知の「かるぽーと」の横山隆一記念まんが館をあげたい。建物も中身も実に良くできている。しかし全体としては失敗である。見に来る人のことを考えていない。ミュージアムの前には広い広場が欲しい。そこは入場無料でたえずいろんな催しをしている。漫画関係のモールがあってそこは権利金をとって出店させる。美術館に入らなくても広場で充分に楽しめるのである。建物はせいぜい3階建て、館長室や事務関係、会議室等は3階。1〜2階が展示室になる。特に1階が重要である。

フランスのポンピドウセンターは入った正面がピカソのゲルニカである。川端龍子の展覧会芸術の論法ではないがちまちました原画を飾ってもしょうがない。拡大してあっと驚く大壁画がいい。原画はまた別室で飾ればいい。ベルギーの国立漫画博物館は1階にタンタンの冒険の紅白段だらのロケットがたっている。全体を見て回るのに2時間か3時間のこぢんまりしたものがいい。漫画本の収蔵などは利用する人が少ないので美術館に行けば例えば明大の東京国際マンガ図書館で見ることができるというように案内ができればいい。もちろん日本全国の漫画美術館と連絡してその案内ができるようにしておく。地下は広大な駐車場と収蔵庫にする。駐車料は国立だから無料が望ましいが無理なら市価の半額がいい。この問題はまたあらためて。

続・漫画美術館について（承前）

計画としては少なくとも5年計画がいい。漫画美術館というのはオープンしてはじめてわかる問題がいろいろある。

予想ができない。

国民の税金を使うのであるからたとえ赤字になっても最小限に止(とど)めなくてはならない。

敷地の余裕を充分とっておいて建てましていくか、欠点の部分を改修していく。

いずれにしても見に来た人たちが気軽に楽しめ外国人にもわかりやすいのがいい。

美術館の中には小劇場があり、たえずアニメ映画やアニメソングのコンサートがある。

専属の歌手やダンサーも育てていく。

真に良質な漫画文化を育てていくという心意気が学芸員に必要である。

幸い今、日本の各大学には漫画を専攻する学部がある。優秀な人材は必ずいるに違いない。

漫画を見ればその国の文化の程度がわかる。各国が漫画に対して相当な熱意を持って努力している時代に日本の政治家だけが漫画喫茶みたいなものを作ってどうするなどとノーテン

キなことを言っているようでは日本の将来は危ない。

　ただし、日本の漫画界の実情は少数の優秀な漫画家をのぞいて実はとても心細い。漫画週刊誌なんかを見ていると一体これでいいのかと情けなくなることがある。

　一部の漫画週刊誌の広告ページを見て下さい。ろくでもない下品なものが多い。実に情けない。しかし漫画の表現の多様さにおいては世界ナンバーワンで東京都が児童ポルノ漫画を追放しようとして条例を作ったがこんなものは何の効果もない。

漫画家自身と出版社が目覚めるよりほかない。僕はすでに年老いて気力と活力がなくなってしまった。現在の日本の若い漫画家たちは非常に優秀な人が多い。教養も充分にある。

しかし現在の漫画家たちは自分のプロダクションの経営に時間をとられ日本漫画界全体を見渡す国際的視野にたつ人が少ないのが残念だ。

どうも今回は自分の身分を忘れて大袈裟（げさ）なことを言ってしまったような気がする。

沈黙は金でときの流れに任せた方がいいのかもしれない。余計なことを言ったようで少し後悔している。

まあ時代遅れの老人の繰り言だと思って勘弁して下さい。

それにしても僕は漫画家を天職として選んで幸福だった。この世界は何の保証もない、おべっかもきかない、判定するのは大衆である。実に潔い。好きなことが仕事だから満足である。

オチ

お笑いを一席申し上げます。

私は南風亭チリメンジャコと申します。

まだ前座にも上がれない修業中の身分でございます。最近は有名な大学にも落語研究会があり通称オチケン、中には授業に出席するよりもオチケンに夢中になりプロの落語家になった人もいるようでございます。それならば国立落語大学を作ろうということになりました。落語芸術概論とか落語における哲学的考察とかいろいろ学びまして無事卒業すれば落語博士、いきなり真打ちの資格が得られます。落語好きの若者が殺到いたしました。入学試験は難関となりました。私の友人も受験したのでどうだったと聞くと「落ちた」。「おめでとう」。落語大学は落ちたら合格でございます。くだらないお話をお読みいただいて申し訳なかったが、落語というのはオチがなければならない。このオチがすっきり決まると実に気持ちがいい。これは新作の創作落語であろうが、古典落語であろうが同じである。古典の場合には有名な「時蕎麦(そば)」、「長屋の花見」のようにそのあらすじもギャグもよく知っているのにやはり

名人が語るとオチがぴしりと決まって爽快な笑いがこみ上げてくる。

これは落語の話だが漫画にもふつうの話術の中にもオチはある。落語のようにぴしりと決めるのではないが要所要所にちりばめていくと話が面白くなる。退屈しない。

なぜこんなことを言っているのかというと昨年、入院寸前に阿川佐和子さんと対談した。

僕はかねてから阿川ファンの一人である。知的でユーモアがあり、さりげなくカンドコロをついてくる。しかしその切っ先は柔らかい。一度是非対談したいと思っていたのでうれしかった。残念ながら僕は体調不良で思うに任せなかったがさすがに見事なものであった。対談が終わると僕が入院してから週刊文春が発売された。読んでみるとやはり面白い。僕は阿川さんの一番最後のあとがきを読むのが大好きだがここを読んでドキンとした。それぞれのエピソードの終わりにはぜんぶ、見事なオチをつけてくださるし、と書いてあった。自分ではそれまで全然気がつかなかった。僕は無意識のうちに小さなエピソードごとに軽いオチをつけていたのだ、阿川さんに指摘されて初めてそのことに気がついた。そうなのかと思った。

僕は決しておしゃべりではない。ふつうの人に比べればむしろ無口な方だと思う。その上、人見知りなので酒席パーティーで気軽に話したりすることができない。ところがインタビュアーがやってきて問いかけられると10分の約束が1時間になったり、ひどい時には2時間になったりする。インタビュアーは恐縮してついついお話が面白くって長くなってしまいました、お許しください、なんて謝ったりする。ついてきたカメラマンもお話が面白かったですね、ということがある。僕の話は面白いのだろうか、自分ではよくわからないがどうも無意識のうちにエピソードごとに小さなオチをつけているみたいである。時々創作落語を作ってみようかと思って試みてみることがある。うまいオチをつけるのが実にむずかしい。僕の人生もオチをつけるときが迫ってきた。うまくオチがつけられるかどうかは天命である。今回のオチの話はこれでオチまい。

赤ちゃん番組

ぼくの知っている限りではぼくの周りで赤ちゃんが生まれ1歳になると例外なしにアンパンマンが好きになる。これはぼくの周りの事だけなので全国的なことは知らない。

しかし展覧会をやってもコンサートをしてもベビーカーに乗った赤ちゃんがやって来るので赤ちゃんのファンが多い事は間違いない。

アンパンマンを出版しているフレーベル館も幼稚園、保育園向けの直接販売の出版社だし小学館は2、3歳用の本にアンパンマンを連載している。テレビも24年目に入り全国バラバラの時間帯で赤ちゃん番組と言われている。小学校の3年生くらいになると「ぼくはもう赤ちゃん番組は見ない」なんて言いだす。ところがテーマソングは♪何のために生まれて何をして生きるのか…♪と決して赤ちゃん番組にはふさわしくなく内容もそうとう難しい。つまり赤ちゃん番組と言われているのに内容はちっとも赤ちゃん番組になっていないのである。

何故かと言うともともとぼくは幼児向けの作品は別世界で、自分とは縁が無いと思っていた。アンパンマンも初めは大人向けの苦い味の作品として描いたのである。それなのに大人

向けであった筈（はず）の「手のひらを太陽に」という歌も子どもの歌になってしまい、いつの間にやらぼくは子ども向け作者、それも低年齢の赤ちゃん番組の作者という事になってしまった。

今から16年前、故郷の香北町にアンパンマンミュージアムを建てた時そこにやって来る入館者を見て初めてぼくは分かった。最小の単位が3人、たいてい5人位がひとかたまりになってやって来る。つまり幼児は両親と一緒かおじいさんおばあさん、兄弟と一緒であって決して1人では来ない。だから赤ちゃん番組は実際には非常に年齢層が高いのだ。

赤ちゃん向け映画と言われている「アンパンマン映画」。感想を書いてくるのは全部大人であって子どもの感想はただの一通も無い。

たまにあるとクチャクチャのアンパンマンやばいきんまんの絵が描いてあって文章は無い。だから実情は大人向け映画という事になる。それでは何故幼児に人気があるのか。ここが非常に不思議なところだけれど、これはやはりキャラクターの魅力だと思う。キャラクターというのは実に不思議なもので努力しても大金をかけても簡単には生まれない。一つの奇跡的なめぐり逢いで生まれる。

これはミッキーマウスにしてもスヌーピーにしても皆同じである。それにめぐり逢えた作者は幸運としか言いようがない。そして生まれたばかりの赤ちゃんが何の先入観も知識も無く魅力あるキャラクターに本能的になついてしまうのは神秘的である。

ところが番組の制作者あるいは映画の興行者はこれを年齢別で括ってしまう。これは本当は間違いなのだが修正する事は不可能だ。

高齢者時代だから高齢者番組という枠にはめているのも同じく間違いだと、まぎれもない高齢者のぼくは思っている。作品の質がいいか悪いかが重要なのだ。

詩先、メロ先

歌を作る時に詩の方が先にあってそれに曲をつけるのが詩先。作曲家のメロディーが先にあってそれに言葉をはめこんでいくのがメロ先である。

ぼくの歌の場合でいえば「手のひらを太陽に」は詩が先にあってそれにいずみたく氏が曲をつけたから「詩先」で「アンパンマンのマーチ」は三木たかし氏の曲が先に出来ていてそれに言葉をはめこんだから「メロ先」である。どっちがいいとも言えないが昔はほとんど「詩先」であり現在は「メロ先」のケースが多いようである。

作詞する時、言葉自身がすでにメロディーがついているものがある。阪田寛夫氏の「サッちゃん」はそのいい例で「サッちゃんはね」というはじまりのところから既にクネクネとしたメロディーがある。作曲家はそのメロディーに逆らうことなく強弱をつけ、リズムと間をとれば自然に歌ができる。そしてとても歌いやすい歌になる。

まど・みちお氏の「ぞうさん」もそうである。團伊久磨氏の曲はごく素直に詩に寄りそって作られていて少しも無理がない。

團伊久磨氏は黛敏郎氏、芥川也寸志氏とともに戦後の音楽界の三羽烏（がらす）としてめざましい活躍をした。３人とも数多くのシンフォニーを作ったがそれらすべての曲はいつか忘れ去られても「ぞうさん」は永遠に残る名曲である。一番良いものはシンプルで大変に素直である。ある作曲家が良い詩を読むと自然にいい曲が出来ると言ったが逆にいいメロディーを聞けば自然に良い詩が出来る。メロディーがすでに歌っているのである。

ぼくの場合はおこがましいが三木たかし氏が「アンパンマンのマーチ」を送って下さったカセットテープのメロディーを聞いているうち自然にあの歌が出来てしまった。メロディーがすでに歌っているのでぼくはそれをただ書き写せばよかった。あの中で「そんなのはいやだ」という言葉があるがもし詩が先だったら絶対にあの言葉は出て来なかったと思う。この歌はアニメソングとしてはそれ程有名とは言えなかったが、東日本大震災の後で子どもたちが一斉に歌いだしたというニュースを聞いてぼくは感動してしまった。作った時は幼児番組には難しいと言われたが幼稚園の子どもたちは平気で「何のために生まれて何をして生きるのか」と歌っている。詩が心の中心に命中すれば言葉が優しいとか難しいという事はあまり問題ではない。

現在の若い人たちの歌う歌はメロ先で作られる場合が非常に多い。リズムの時代なので楽譜に言葉をはめこもうとすると日本語ではうまく入らず突然に英語が入ったりする。ぼくのように古いタイプの人間には何を言っているのか分からない場合がある。けれども別にそれを否定する気持ちは全く無い。ただもう一度メロディーと言葉を大事にする時代が来ると、時代遅れのぼくは信じている。

かつぶしまんの歌

昨年の３・11の東日本大震災では、多くの日本人が被災地の皆さんのために何かできないかと居ても立ってもいられない気持ちになった。もちろんぼくもその一人だが自分のことはさておくとしてテレビのアンパンマンのアニメ番組の声を担当している声優たちも現地に慰問に出かけた。何人かグループを組んで何度も出かけたようである。かまめしどんやチーズの声を担当している山寺宏一氏は宮城県の出身であるし、なんとかして現地の人を元気づけたいという切実な思いがあったと思う。アンパンマンの声をやっている戸田恵子さんもいそがしいスケジュールの合間をぬって何度か現地に出かけた。現地ではたいへんよろこばれたようだ。

アンパンマンのキャラクターたちはたいてい歌がある。全部のアニメ番組の中で一番多いのではないかと思う。その歌は全部僕が作詞している。ところが歌のないキャラクターもいる。現地へ行って歌のないキャラクターは少し引け目をかんじるのである。ウケかたがまるで違う。

かつぶしまんもその一人である。かつぶしまんは武士だから侍だろうということで白い覆面をして白い衣装、腰にかつぶし剣をさしている。まさか鰹(かつお)節(ぶし)に丁髷(ちょんまげ)をのせるわけにはいかない。それで白覆面にしたのだが変身するとねじり鉢巻をしてそばやさんになる。かつぶし剣の達人でこんな珍妙なキャラクターは日本独特で人気がある。しかし、歌がなかった。「ぜひかつぶしまんの歌を作ってください」と依頼されてしまった。ぼくは土佐人だから鰹節には愛着がある。子供のときはカツブシ削りは子供の仕事であった。ぼくは毎日台所でカツブシを削っていた。

今は削り節を使うのが主流のようだがやはりカツブシは削りたてが一番おいしい。かつぶしまんの歌はすらすらと書けた。歌手ではなく声優が歌うのだからなるべく芝居っぽくセリフの多い歌にした。深夜の仕事場で93歳の僕が「抜けば無敵のかつぶし剣」なんて自分で歌ったり踊ったりしながら詩を書いて作曲していくのだからあきれ果てたものである。自分でもいい年して何をやっているんだと思うがやりはじめると面白くてしかたがない、すっかり自分がかつぶしまんになったつもりで跳ね回ってしまう。

何度か歌っているうちにやっと定着する。それをＭＤに録音する。いつもはそれをアレンジャーに頼んで音楽をつけてもらうのだが今回はとりあえず手拍子だけで歌えるようにした。なぜかというとホテルでアンパンマンのスポンサーを含めた関係者の新年会のパーティーがありそこで一度試演して反応を確かめたいと思った。アンパンマンのテーマソングを歌っている双子の歌手ドリーミングと僕とで歌った結果は上々であった。自分で言うのは自慢するようでおこがましいがパーティーのあとでみんなが面白かったと言ってくれたからまんざらお世辞ではなかったと思う。声優の歌ったＣＤが発売される日が楽しみである。

誤解

今からおよそ60年ほど前、ぼくはそれまで勤めていた日本橋三越の宣伝部を退職してフリーの漫画家になった。退職して間もなくNHKの丸谷さんというディレクターが荒木町にあった拙宅を訪ねてきて「まんが学校」の先生をして下さいと依頼された。司会は去年亡くなった落語家立川談志であった。

テレビはまだ白黒の時代でそのころ内幸町にあったNHKのスタジオに行ってみると、となりのスタジオでは「夢であいましょう」をやっていた。NHKに行くまでは知らなかったが「まんが学校」というのは月曜日の午後6時、子供を対象にしたクイズ番組であった。クイズ番組なのに「まんが学校」というのはおかしい、番組の始まる前の3分間を絵描き歌のような略画の描き方にし、テーマソングとエンディングの歌もぼくが作ることを提案した。すんなりと受け入れられて番組が始まった。

ぼくは家ではテレビは8時以降にしかみなかった。何の気なしに出演するとその反響の大きさに驚いた。民放は既に始まっていたが地方に行くとほとんどの家庭ではNHKを見てい

た。ぼくは駆け出しの漫画家で人気も実力も代表作もなく収入も別に食べるには困らないという程度だった。それが急に顔が売れてしまい電車に乗っても子供たちが寄って来たり、遠足に来た女学生に囲まれたりするようになった。ぼくは誤解されて大変困ったことになった。番組が終わったときは正直言ってホッとした。

さて、それから歳月は容赦なく流れてぼくは93歳になった。現在はなるべくテレビやラジオには出ないようにしているがＡＢ型の特質として断るのが下手である。出演するとサービス精神が強い方なので元気そうに振る舞ってしまう。実際は救急車に乗ること12回、入退院を繰り返していて少しも元気ではない。去年の夏自宅でＮＨＫの爆笑問題の番組に出演して求められるままに2曲歌った。実はそのころ既に体調をくずしていて間もなく入院することになるのだが番組は好評だったようで再放送が3回あった。全国からお元気で良かったという手紙が来た。実は少しも元気ではなかったのである。また誤解されてしまった。

そしてお元気の秘密は、なんていうインタビューの申し込みが多くなる。誠に困ったことである。しかし93歳になってまだなんとか仕事をしているのはぼくらのような浮沈の激しい業界では珍しいのでまんざらまちがっているとも言えない。そしてまた誤解されると思いながら渋々と引き受けてしまうのである。

実は現在もいくつか進行中である。ところがぼくの健康状態はますます良くない。もしここで倒れてしまうと予約した人に迷惑をかけることになる。それは申し訳ないので現在は医者の言うことをよく聞いてなるべく健康を維持できるように努力している。そしてまた元気そうに振る舞って誤解されることになるが、それは覚悟のうえである。むしろこの誤解がぼくの健康法の一つになっているのだから皮肉である。

笑う幸福

笑うという字はたけかんむりの下にノがあって犬（大）である。うろ覚えの中国の故事だからまちがっているかもしれないが、犬が竹の籠を頭からかぶり脱げなくなってもがいているのがおかしかったので笑うという字ができたという。しかし笑うという字を見ているとなんとなく文字そのものがニコニコ笑っているように見える。これが漢字の面白いところでアルファベットの国ではこうはいかない。ところで犬は悲しい表情はできる。額にシワをよせしょんぼりしてうなだれてしまう。うれしい表情もできる。しっぽをふって飛び跳ねて喜ぶ、うっとりすることもできる。しかし腹を抱えて大笑いする犬は見たことがない。ブルドッグが大笑いすることはない。人間に近い最高級の知能を持つチンパンジーにしても涙をこぼして悲しむが大笑いすることはない。馬は歯を剥き出して笑ったような顔をすることがあるがおかしくて笑っているわけではない。すると笑うという感覚は一番人間的な喜びだと思う。ユーモアということは人間的ということである。

僕が小学校２年生の時、二つ年下の弟に落語を読んで聞かせたことがある。読んでいるう

ちに僕はおかしくてたまらなくなり笑いだしてしまった。弟は「にいちゃんが笑うから僕は少しも面白くない」といって怒りだした。

テレビのバラエティー番組を見ていると出演者が大笑いしているときがある。司会者も喜んで「いやあ今日は面白かったですね、盛り上がりました」なんていっている。僕は心の中で叫ぶ。「ふざけるな、この野郎。自分たちだけで笑ってどうする」。テレビの前にいる俺たちを笑わせるのがプロの仕事ではないか。

むかしアメリカにバスター・キートンという喜劇役者がいた。まったくの無表情である。にっこりともしない、しかしとても面白かった。あきれたぼういずの故益田喜頓はバスター・キートンをもじったのである。ひょうひょうとした無表情の芸風であった。乾いた笑いと言える。喜劇の王様といわれているチャーリー・チャップリンの笑いはいくらか湿っている。人生の悲哀が滲(にじ)んでいる。実は笑いの中ではこれが一番気持ちいいのである。なぜかというと精神が悲しい方とおかしい方にゆれるから快く運動して快適な笑いになる。チャーリー・チャップリンが世界の喜劇王になったのはチャップリンの中にあった詩人の魂だと僕は思っている。

笑うということは実に複雑である。僕も漫画家としてこの世界に入り、笑うということのむずかしさについては心の底から痛感した。漫画家の故長谷川町子さんの「サザエさん」は今読んでも実に面白いが町子さんはこの四コマ漫画を描くために全精力を投入した。いつも四つぐらいの案を作り家族に見せ、さらに検討して作品を仕上げたというからすごい。そうすればどうなるか。作者は精神的に疲れきって鬱(うつ)病になる危険がある。この仕事は読む方は気楽に読んでいるが命がけの仕事である。だから僕のようにずるい人はあれやこれやと仕事を分散して息抜きしながらやるのである。泣かせるのは簡単だが心の底から気持ちよく笑わせるのは本当にむずかしい。この世の生物の中で人間だけが笑えるのは最大の幸福ではあるけれど。

口述筆記

現在は作家を含めて文筆業の人はほとんどパソコンを使っている。そうでない人も通信はほとんどメールである。そういう時代になった。僕はいつも時代の先端を歩いているつもりだったが、いつの間にやら生き残ったシーラカンスのようになってしまった。絶滅危惧種である。情けないことになった。

現在のようにパソコンが主流の時代になっても、使い慣れたワープロでないとどうしても文章が書けないという作家がいる。僕もメールぐらいは打てるようになっていたが、文章を書くということになると、どうしても原稿用紙に書いていかないと書けない。それも使い慣れた専用の原稿用紙で鉛筆はトンボの3Bに限る。ところが90歳を過ぎて長い年月酷使してきた視力が衰えてしまい眼が見えなくなった。さてどうする。それでも無理しておぼろげな視力で大きな字で書いていたがひどく疲れる。ついに口述筆記ということになった。口述筆記で文章が書けるだろうか非常に不安だった。

しかし僕はブラインドタッチはできないし他に方法がなかった。始めてみるとなんとなく

文章は頭の中で生まれて流れて行く。少しずつ僕は口述筆記に慣れてきた。絵を描くのも描く前に頭の中に絵が浮かんでくるのである。それをスケッチしているのだ。文章も同じである。なにも考えずに話していると次の言葉が浮かんでくる。

僕はエッセイ、詩、メルヘンの連載を数本持っている。メルヘンの場合は頭の中であれやこれやと探していると、自分の人生の経験の中でおぼろげに記憶がよみがえってくる。例えば子どもの時に道に迷って心細かったこと、あるいはその頃読んだお話の主人公とか。あるいは現在のニュースの中から一つのキャラクターが浮かびあがって動き始めるお話を書くということは、キャラクターを作るということだと思っている。そのキャラクターが動き始めるとなんとなくストーリーは出来上がっていく。決して簡単ではないが動き始めれば口述筆記でもお話は書ける。

実は口述筆記というのは今が初めての経験ではない。民放のテレビ映画のシナリオを担当していた時、あまりの忙しさのため僕はホテルの部屋に缶詰になり、ベッドで寝転びながら担当のプロデューサーに口述筆記したことがある。このときは途中でふたりでこの次のシーンはどうしようなんて相談しながらやった。なんとかシナリオは完成して口述筆記でも書けるんだと初めてその時に知った。けれどもそれは一度だけで相変わらず原稿用紙に書いていた。鉛筆をにぎりしめたときの感触が反射神経を刺激して書けるみたいである。しかし今はやむを得ずということになった。やむを得ず口述筆記になった。僕の神経はまだこのやり方に慣れていない。もどかしい気分になるが追いつめられればしょうがない。

人生で何がつらいといったって何もすることがないと言うのが一番つらい。それは生きているということではない。そう思うから破れかぶれで口述筆記を続けている。人生のラストは思いがけないことばかりでまったく予想できなかった。

第8章

震災後は引退撤回

代表作

僕のような職業の人間は代表作がないと世間に認めてもらえない。たとえば手塚治虫なら鉄腕アトム、ちばてつやならあしたのジョーという具合である。僕の場合で言えばなんと言ってもアンパンマンシリーズでこのキャラクターに巡り合えたことは幸運だった。

人生の晩年になると卒業試験の答案を書くように自分の人生の総括をしてみたくなる。絵本の仕事の方ではアンパンマン以外に「やさしいライオン」と「チリンのすず」だと思う。両方ともロングセラーになり形を変えて絶えず上演されている。アニメーションや朗読、ミュージカルその他で人形劇、影絵にもなり受賞も数多い。

しかし子どもにすすめたい100冊の絵本とか傑作絵本ベストテンとかに選ばれたことはただの一度もない。

歌の方では「手のひらを太陽に」と「アンパンマンのマーチ」だろう。歌がヒットした場合ほとんどそれは歌手の代表作になる。橋幸夫の「潮来笠」であって作詞者の名前はほとんど忘れられている。ピンキーとキラーズの「恋の季節」にしても作詞の岩谷時子の名前を覚

えている人は少ないと思う。ところが僕の場合は「手のひらを太陽に」も「アンパンマンのマーチ」も歌手の名前は消えて僕の名前だけが表面に出る。これはどういうことかというと、僕の歌は歌手の個性に頼らず誰でも歌える、つまり子どもが歌っても大人が歌っても「手のひらを太陽に」はさして違わない。つまり歌手の個性に頼らず作詞者の個性が強くでているせいだと思う。そのために僕は数多くの歌を作ったがヒットソングには恵まれなかった。

歌手に合わせて歌手の個性に合わせるという芸当が不得手だったせいかもしれない。しかしそれでも二つの代表歌が残ったということはやはり幸運であった。いずれも一時的に大ヒットしてブームを巻き起こすことはなく、ロングセラーになって続いていくのである。

僕は今まで得意満面とか有頂天になるとかそういう気分を味わったことが一度もない。漫画家にしても歌手にしてもその他の芸能人にしても絶頂の黄金時代がある。

オーラをまき散らしながら肩で風を切って歩く、あれが僕には一度もない。いつもなんとなくおびえながら暮らしてきたが、人生の晩年になって気がついてみれば、代表作は割合に多い方ではないかと思って、もっとはしゃいでも良かったかなと思ったりしている。

思い残すことはないが、できればもう一本ぐらい代表作を残したいと未練がましく思っている。無理ですけどね。

フラフの効果

フラフというのはオランダ語の「旗」あるいは英語の「ＦＬＡＧ」から来ていると言われるが要するに大きな旗である。高知市から東の海岸地区で主として男の子の端午の節句に鯉（こい）のぼりと一緒に飾られていた。ぼくの故郷のアンパンマンミュージアムのある香美市にはフラフの工場がある。この辺りでもフラフは飾っていた。

一番小さいもので縦が二メートル、横三メートルである。「手のひらを太陽に」を作詞してから50周年になるので記念のＣＤブックを作りホテルでパーティーをやろうと計画した。そしてその会場に赤い手のひらを染め抜いたフラフを飾り、ハンカチを1万枚作って全員に記念品として配ろうと計画した。フラフもハンカチも見事に完成したがぼくは体調をくずして入院してしまい、ホテルでパーティーをすることはできなかった。しかしフラフとハンカチは残ったのでアンパンマンのライセンシーを中心にしたアンパンマン会議の新年会の会場にフラフを飾ってみた。これが中々（なかなか）いい。金屏風（びょうぶ）と違って華やかで会場が引き締まる。おまけに旗だから取り扱いが簡単。畳めば小さくなってしまう。これはいいぞということでアン

パンマン関係を5枚。ぼくの所属している(社)日本漫画家協会のフラフを4枚注文した。

アンパンマンのフラフの方は早速5月12日、陸前高田市の被災地慰問コンサート会場で使った。会場が小学校の体育館で殺風景だったのでこれは非常に効果的だった。翌日13日仙台のアンパンマンこどもミュージアムでも使った。これも大好評であった。この後6月22日の日本漫画家協会の総会でも帝国ホテルの会場で使用する。その後、協会の主催する展覧会場では展示したいと思っている。その度にベニヤ板で展示物を作るのは金も手数もかかる。フラフなら折り畳んでどこにでも持っていける。大空にはためく旗として作られているために生地が大変丈夫で、染色も鮮やかでしっかりしている。実に

便利だ。

ぼくはこどもの頃からフラフを見慣れていてその絵を見るのが大好きだった。しかしずいぶん長い間忘れていてフラフのことは念頭になかった。フラフの歴史は意外に浅く、明治時代以降のようである。そのころはずいぶんモダーンな感じがしたのではないか。この辺も土佐人の面白いところで鯉のぼりは全国共通だが、大きな旗を5月の薫風にはためかせて飾ろうというのが実に爽快でユニークな発想である。

戦前のものは楠木正成のような悲劇の武者の絵が多かったようだ。これはその悲劇を乗り越えて強く生きようということらしい。それ以外は金太郎が圧倒的に多い。これも強くたくましく生きてほしいという親の願いからだろう。ぼくのアンパンマンのフラフは中々いいが著作権の問題があるのでライセンスのない業者は勝手に作れないので要注意。フラフはこれからも新しい用途が生まれそうな予感がする。

ヒノミコ

アンパンマンミュージアムは物部川を挟んで南岸の美良布にある。

僕の生誕地である朴ノ木は北岸にある。少し下流に向かって進んで行くとヒノミコの地名がある。

僕は子どもの頃ヒノミコというのは「火の見子」だと長い間思っていた。

中学生になりその地名を見れば「日ノ御子」であった。なんていう美しい地名だろう。こんなに美しい地名を持った山峡の小さな村は誰にも知られずひっそりと長い年月を経てきた。なぜこの地名になったのか、これにはわけがある。

壇ノ浦の海に消えた悲劇の安徳帝は生き延びてこの地に逃れ王子が誕生したのでこの地名になったと村史にある。もとより真実は歴史の暗黒に埋没している。しかし数ある平家伝説の中でこれは真実だと僕は確信している。なぜなら平家滅亡後、年を経て日ノ御子の地名が残るわけがない。すると安徳帝の血をひく子孫は物部川北岸に散在しているはずだ。

アンパンマンの顔をよく見てください。丸いだけで少しもアンパンに似ていない。むしろ

太陽に似ている。太陽の子、つまり日の御子なのだ。現在生まれたばかりの幼児が何の理由もなくアンパンマンを好きになりパパママという前にアンパンマンを覚えてしまう。

これはほとんど奇跡に近い。ミッキーマウスでもスヌーピーでもその他のどんなキャラクターでもこんなことはおきなかった。

なぜかそれは僕にもわからないがアンパンマンが太陽の子であるからではないか。そして物部川北岸生まれの僕が太陽の顔をしたアンパンマンを描いたのは一つの天命ではなかったかアハハハハハ、もちろんこれは笑い話。誰も信じる人はいないだろう。しかしそれでもいいのだ、幸いに北岸にはやなせ家の土地が３００坪ある。僕はここに自分の骨を埋める石碑を建て設計図も完了した。朴ノ木という地名にちなんでマグノリア（モクレン科）の木も是非植えたいと思っている。そしてできればアンパンマンの銅像も建てたい、それが悲劇の幼帝安徳帝に対する僕の個人的なレクイエムになる。僕が子ども時代によく遊んだ氏神様の神社も荒れ果ててしまっているのが悲しい。

しかし浮草稼業の漫画家、たいしたことはできない。氏神様ごめんなさい。最近インタビュアーに「アンパンマンが赤ちゃんに人気があるのはなぜですか」と聞かれることが多い。作者の僕にわかるはずがない、元々赤ちゃん用に描いていない。内容はかなりむずかしい。テーマソングも他のアニメソングよりは哲学的で幼児の歌にはなっていない。それならばなぜと考えているうちに日ノ御子の地名を思い出したのである。

皆さんも僕も太陽の故郷に生まれ太陽の子どもとして生きていく。そう考えればこの寂しげな人生もいくらか明るくなる。全国的に無名の小さな村もなめたらいかんぜよ。

ヒョロ松君

ヒョロ松というのは東日本大震災の大津波の時、陸前高田市の高田の松原の7万本の松の木の中でただ一本だけ奇跡的に生き残った松にぼくが勝手につけた名前である。下枝が無く、ヒョロリと背が高くて上の方にだけ枝と葉がついている。松の木としては珍しくまっすぐに伸びている。下枝が無くて全く抵抗がなかったのが幸いして生き残った。

ぼくも何度か生命のピンチを切り抜けて、激流渦巻くマスコミの荒海に押し流されそうになりながら生き延びてきた。気が付いてみれば同級生たちも仕事の仲間たちもいつの間にか消え失せてしまい、ぼくは90歳をこえてもまだ現役で仕事をしていた。よほど才能の開花がおそく進歩がのろかったせいで、なんとか世間に認められた時はすでに人生の晩年になっていた。

陸前高田市のヒョロ松君もおそらく7万本の松の木の中ではあまり姿の良い松とは言えなかったのではないか。ところが奇跡的に生き残って突然有名になり、マスコミでも大騒ぎされるようになった。晩年になってから突然有名になったのである。しかしその時にはもうす

でに生命が終わりかけていた。

ぼくはヒョロ松君が自分とよく似ているような気がした。90歳を超えてから老化が急速に進んで自分でも天命の尽きる時が来たかなと思うようになった。しかしもしもヒョロ松君がもう一度元気によみがえるなら、ぼくもまた奇跡的に元気になれるだろうと思った。

しかし潮水を大量に吸い込んだヒョロ松君はいよいよ最後の時が来たようである。緑色だった松葉は赤茶色に変色してしまい、専門家の診断でヒョロ松君は生命が終わったということになり、もう手の施しようがない。

さてどうするか。市当局は専門家を招い

て相談した結果、ヒョロ松君を復興のシンボルとしてその姿を永久に留める事にした。ヒョロ松君を切り倒し5か所ぐらい輪切りにする。全体に防腐処理を施し、中に鉄棒の芯を通し再建する。つまり動物の剥製のようにヒョロ松君の形を残すのである。費用は1億2千万円と聞いた。ぼくもいくらかの寄附をさせて頂いた。

しかしヒョロ松君にしてみれば本当は燃やして貰って煙になって消えてしまいたかったのではないか。ぼくはそう思ったけれどもう一度思い直した。この宇宙全体もゼロから生まれた。そして銀河系宇宙の中で、太陽と月と地球とその他の星たちの絶妙なバランスの中で地球に生命が生まれた。生命の神秘はぼくらには分からない。もしかしたら死んでしまったヒョロ松君の身体の中に異変が起こり、わずかに残された生命の細胞から新しい芽が吹き出すということは有り得ないことではない。そう思うことにした。ヒョロ松君がダメだと分かってからぼくは体調が悪くなりすっかり落ち込んでいたが、それでも絶望するのはやめることにした。

老年スベリ台

最近はめっきりと老化が進んだなと実感するようになった。多病ではあったが90歳までは元気であった。ステージで歌っても疲れなかったし、散歩にもでかけた。この頃は家にとじこもることが多くなり、歌うと息切れしてしまう。なさけない。

アンパンマンの声を担当している女優の戸田恵子さんに「アンパンマンは弱ってしまうとジャムおじさんに助けてもらって元気になるが、ぼくは助けてくれるひとがいない」とつい愚痴をこぼしてしまった。戸田恵子さんはきっぱりとさわやかに言った。「そのときは私が助ける」。この一言でぼくは奮い立った。もしこの時「そうかい、ありがとう。じゃ、助けて下さい」と言って戸田さんを頼りにするようでは助からない。「助けられてたまるか。そんなことはできない。石にかじりついてでもまた元気に仕事するぞ！」となるのが男の意地というものだ。

ぼくは弱音を吐くのはやめて、体調は悪かったが他人を頼るのはすっぱりとあきらめて自力で這（は）い上がった。

アンパンマンのテーマソングの中に「愛と勇気だけが友だちだ」という言葉がある。「アンパンマンは愛と勇気だけで他に友だちはいないんですか？」と質問されることがある。友だちも仲間も大勢いる。友情で結ばれている。しかし命がけで自分を犠牲にしても戦う時は自分ひとり、他人の協力をアテにしないということだ。

ぼくは大変に小心でオクビョウなところがありいつも怯(おび)えがちだが、ここぞという時は自分ひとり、他人をアテにすることはない。アテにして外れた時は恨むことになる。自分ひとりの方が気楽だ。失敗した時には他人にメイワクをかけないのがいい。それがあの歌になったのだ。まことに立派な心がけのようだが、実像は小心だからお笑いである。人間というのはムジュンしたところがあり、チグハグで、そこがなんともいえず面白い。

ところで老化のハナシにかえるが、階段を下りるみたいにコトンコトンとくだっていく。はじめは階段の幅がひろくてゆるやかだがだんだんせまくなる。ついにスベリ台みたいになって加速度がつきすべり落ちていく。

眼にもとまらぬスピードになる。なるほどね。人生のラストコースはこんな風になるのかとはじめて実感した。自分で言うのはおかしいが、ぼくの老後は幸福な方だと思う。現在でも仕事はあり世間からも忘れられていないようだ。いろんなことを依頼される。それはいいのだが、老年スベリ台をすべり落ちながらだからまことにあわただしい。幼年時代に大好きだったスベリ台だが「老年スベリ台」は悲しい。なるべく面白く楽しく、幼かった日のように笑いながらすべっていきたい。しかしこのスベリ台は片道だけで、もう二度とくりかえしてすべることはできないけれど。

おどるシルエット

ぼくはまぎれもない高齢者だが、その自覚はまったくなかった。仕事がいそがしくて自分の年齢のことは忘れていたが、気がつけば93歳！

「長寿のひけつ」について話してくださいとか、「お元気の秘密は？」とか質問される。そんなものあるわけがない。入院退院のくりかえしで、息もたえだえに生きのびてきたのだ。こっちが教えてもらいたいくらいである。

そしてついに長寿法の本が出版されてしまった。今まで絵本、詩集、エッセイ等の本はつくってきたが、やっと生きているのに長寿法とはなんとも恥ずかしい。「こんな本、出版していいんですかね」なんて言ってるうちに完成した。

これはぼくが書きおろしたのではなく、ぼくの話を聞いて録音し、写真を入れて解説して構成されたものである。

できあがった本を見てぼくはおどろいた。センスがいい。面白い！　健康関係の本としては傑作だと思う。編集の腕の冴えは見るひとが見ればわかるはずだ。表紙と裏表紙にある、

シルクハットをかぶったぼくのシルエットがすごい。

　ぼくはバカな性質だから、ルックスも悪く、全く踊れないのに、精神的にはダンディーにあこがれていて、夢の世界で踊っている。似合いもしないのにタキシードは黒、白、灰とそろえ、おまけに白い燕尾服もオーダーして、シルクハット、ボーラーハットにステッキは英国製のものを買った。

　シルクハットをかぶってステッキをかまえた写真をシルエットにした。そして仙台と横浜のアンパンマンミュージアムのやなせたかし劇場の壁にはこのシルエットがプリントされている。

　それを表紙に使うとはあきれたものだ。お

まけに裏表紙のシルエットには年代入りで病名が書きこまれている。

ひとめでぼくの病歴がわかる。実に便利だ。今まで病歴を説明するのが大変だったが、これを見せればいい。

とにかく、ユニークな本ができてしまった。世間の評判はまだわからないが、内容は多病で暗いのに笑いとばしてしまっている。思い悩めば気がめいってしまう。ますます身体に悪い。本のタイトルは「93歳・現役漫画家。病気だらけをいっそ楽しむ50の長寿法」とやたらに長い。

べつに病気を楽しんでいるわけじゃないんですけどね。病気になったらしかたがない。いやでもつきあっていくしかない。しかしぼつぼつあの世へ出発と思っていたがこんな本がでると少し延期しないと申し訳ない。天運つきるその日まで、シルエットのダンスをおどりますかな。

ぼくの原点

最近視力がますます落ちてきたので、仕事をやめて悠々自適という生活に入ってのんびり暮らそうかと思っていた。

ところが皮肉な事に出版の話がやたらに持ち込まれるようになった。若い頃は単行本を出版するというと心が躍ったものだ。出版記念会なんかして嬉(うれ)しがっていた。ところが現在は出版界は不況である。活字離れが進んでいる。そしてぼくもあまり自分の本を出したいと思わなくなってしまった。国会図書館の資料室で調べるとぼくの本は１４６０冊ある。そのうち詩集が50冊を超えている。これは人に指摘されて初めて気が付いた。いつの間にこんなに書いていたのか自分でもびっくりしている。あまりロクなものはありませんけどね。

今年に入ってから絵本を除いて新しい本の書きおろしが5冊あった。その他に昔の本の復刊が入っている。そのうちの一つが「十二の真珠」である。アンパンマンの原点になっているお話が載っているので、時々テレビやなんかで紹介されることがあり復刊という事になった。もう内容はほとんど忘れていた。しかしあの頃一体自分はどんな話を書いていたのだろ

うと思って読み返してみた。自分で言うのはおかしいが悪くなかった。アンパンマンだけでなく「チリンのすず」や「キュラキュラの血」（絵本にする時「キラキラ」に改題）なんかもこの本に入っている。そして「天使チオバラニ」「風の歌」はぜひ中国や韓国の人にも読んで貰いたいと思った。

ぼくは現在の国境紛争の問題がイヤでたまらない。それぞれ言い分はあると思うが、国旗を焼いたり全く罪のない人を殴ったり、日本人の店舗というので焼打ちしたりするのは非文明的で野蛮な行為だと思う。日本も昔それに近いような事をやっていた。非常に恥ずかしく思う。そういう自分の思いがこの短いメルヘンの中に入っている。

当時誰一人認める人は無く、本もさして売れなかった。しかしぼくは93歳の現在まで短いお話を書き続ける事になる。目立たない仕事なのでほとんど世間には知られなかった。仲間や友達はみんな流行作家になり華やかな生活をしていたが、ぼくは漫画家のくせに短編メルヘンを書き続けていた。そしてある日気がついてみるとアンパンマンはヒットしていたし「やさしいライオン」や「チリンのすず」は絵本としてロングセラーとなり現在も売れている。その原点はこの「十二の真珠」という本にある。今見ると未熟だし絵も良くないのでお恥ずかしいが、基本的な点では自分の方向は間違っていなかったと思う。

この頃世界はますますイヤな感じになりトラブルと戦争が絶えない。しかし無力なぼくらに一体何ができるのだろう。大変甘いようだが、血走った眼をしてののしり合うよりも世界中の人が詩やメルヘンを愛するようになれば、世界は何とか救われると思うのだが。

ベッドでマスク

戦後日本の各地にホテルが続々と建てられた頃、ホテルのベッドの上にはかならず「ベッドで煙草を吸わないでください」というプレートがおいてあった。

つまりベッドで煙草を吸うひとが多かったのだ。浮世絵を見ると寝ながら煙草を吸っている絵がある。寝煙草をするひとは江戸時代からいたようである。

ホテルは鍵のかかる密室だから、男女の恋のスペースとしても利用された。

その頃にできた歌が岩谷時子作詞、いずみたく作曲の「ベッドで煙草を吸わないで」である。ベストセラーのヒットソングなので記憶されているひとも多いと思う。

しかし現在はほとんど歌われていない。ホテルは禁煙になり、ベッドで煙草を吸うひとはいなくなって、ベッドの上のプレートもなくなり、この歌のシャレた面白さが通じなくなったからである。

あらためて岩谷さんの詩を読んでみるとうっとりするほど色っぽい。こんなにイキなエロチシズムがかけるひとは他にいない。

ぼくは唸(うな)ってしまった。岩谷さん自身はつつましやかな女性で色っぽい話は聞いたことがないが、詩は実になまめかしい。

「甘いシャネルのためいきが、今夜もあなたをまっているのよ」なんてところはたまりませんね。歌ったのはたしか沢たまきさんだったと思う。

ところでぼくはこの頃ベッドインする時、使いすてマスクをして寝ている。なぜかというとねむってしまうと、口呼吸になって口の中が乾いてしまい、喉をやられてしまう。ネルネルという唇にはるテープもあり、利用していたが、はがす時いたいのとやはり唇にはるのでなんかジャマッケなのである。使いすてマスクをしてみるとこれがぐあいがいい。唇もしっとり保護

されるし、ジャマな時は外せる。

実は寝る時に使う専用の非常に軽いマスクも薬局で売っているが、ぼくにはなんだかたよりなくて使いすての花粉症予防マスクを愛用している。

「ベッドで煙草を吸わないで」ではなくて「ベッドでマスクしていてね。こわいバイキン多いから、あなたのノドがあぶないの。ベッドでマスクしていてね」である。おなじメロディーで歌える。但し少しも色っぽくないが、ジャマな時は外せばいいので、キスしたい時もＯＫだし、健康にもいい。

ホテルにはシャンプーも歯ブラシもカミソリも全部そろっている。使いすてのマスクも備品としてティッシュのようにおいておけば便利だ。「ベッドでマスクしていてね」という歌はできないと思うけれど。

ホーメル賞の涙

ホーメル賞（J・J・H賞）とは何か？　正式には「ジブン・デ・ジブン・オ・ホーメル賞」と長い。つまり自分で自分を誉める賞である。創設したのはぼくで、ぼくが勝手につくったのである。

ノーベル賞を受賞すると、外国へ行って紳士、淑女に英語であいさつしなければならない。あれは大変だ。日本の勲章にしても着なれないモーニングやタキシードに身をかためて、うやうやしく賞状をいただくことになる。老体にはオックウである。

ホーメル賞はその点は気楽だ。自宅でねころんでいればいい。もちろん冗談である。しかし、上質な冗談はその中にキラリと真実が光っている方が、より面白いし、楽しめる。ホーメル賞の審査はきびしい。甘くすると、品の悪いオフザケになってしまう。

だからホーメル賞はぼくにはとても無理とあきらめていた。

ところが、今年は少し可能性みたいなものがある。それは何かといえば「やなせたかしのメルヘンタペストリー絵本展」である。

ぼくの創作した千字の短篇メルヘンに絵をつけてタペストリー（壁かけ）にした。

今のところ110篇ほどあるが、そのうちの50篇をタペストリーにした。これは世界ではじめての試作である。内容の面白さとバラエティーはアンデルセン、グリムをしのいでいる（と本人だけは思う）。ほとんどのお話にテーマソングがついていてCDブックが発売されているのも世界中に今まで例がない。

テストとしてその一部を故郷にある詩とメルヘン絵本館で展示してみた。大好評であったので自信をもつことができた。

今年は全労済の主催、NPO法人「青少年の心を育てる会」の協力で、東日本大震災で大きい被害にあった、福島、宮城、岩手の3

県で1年間、巡回展と朗読会をする。そしてそれは既にはじまっている。朗読は女優、稲垣美穂子さんによってFM放送でも1年間放送される。わずか5分のショートプログラムにすぎないが、長ければいいというものではない。子供にはみじかい話がいい。全部千字ぐらいだから、3分あれば読める。インスタントラーメンができあがる時間とおなじだ。

なんだそんなことかとハナでせせら笑ってバカにするひともいるはずだ。これがコロンブスの卵でね、ごくシンプルだがユニーク。

もしかしたらホーメル賞かと胸ドキドキとなったのである。しかし1年各地で巡回展をした結果を見なければ、今はまだなんとも言えない。失敗に終わってしまうかもしれない。

その時は、ホッペタ百叩きハナ血たれ流しの刑である。うまくいって成功してもホーメル賞は賞金はない。世間もみとめない。

しかし神さまが見ていてくださる。金ピカの勲章のかわりに、頬にひとつぶのうれし涙をつけてくださる。ホーメル賞の涙である。

第9章

究極のダン爺シルエット

眼は見えなくても

今年は香美市の美良布にある「詩とメルヘン館」がオープンして15周年である。そしてアンパンマンのテレビアニメと映画が25周年という事になる。現在アンパンマンミュージアムは全国に4館あるが今年の4月には5番目のミュージアムが神戸にオープンする。今その準備は着々と進んでいる。

ぼくは20代の青春のほとんどを兵隊として中国で過ごした。もう生きて帰れないと思った。異郷の土になると覚悟していた。それが何とか生き延びて戦後の焦土となった日本に復員出来たのは終戦の翌年3月であった。

もう絵を描くこともあるまいと思っていたが高知新聞社に入社して「月刊高知」の編集をすることになり、また絵を描いたりマンガを描いたり文章を書いたりするようになった。

東京はまだ敗戦の傷跡が深かったがぼくは何とかシドロモドロに生き延びてフリーの漫画家になった。ところがこの世界は天才、鬼才が大勢いてぼくはとてもかなわなかった。これはダメだと思った。ぼくはすでに30歳の半ばを過ぎていたが10代20代の新人たちの感覚には

とても及ばず、といって大先輩の横山隆一先生や杉浦幸雄先生、近藤日出造先生たちは雲の上の人のようであった。それでもその中で細々と生き延びて来たのは奇跡みたいなものである。あれやこれやとやっているうちにいつの間にやら年が過ぎて気がついてみると先輩も後輩もいなくなり、全く誰からも期待されていなかったぼくは、自分では絶対かけないと思っていた幼児向け絵本でヒットして2月6日でついに94歳になる。どういうわけか本を出版することが多くなり昨年から今年にかけて10冊以上の新刊が出る。その中に詩集が2冊ある。これは何と54冊目になる。詩人の数も多く画家で詩集を出した人も多い。たとえば竹久夢二とか蕗谷虹児とか加藤まさを等の諸氏である。しかし54冊も出

した人はめったにいない。しかもぼくは詩人ではない。妙な事になったものだ。

「詩とメルヘン館」は「アンパンマンミュージアム」を建てた時にアンパンマン以外の絵を展示する小さな美術館も欲しいと思った。そしてこんな田舎の山の中でも原画が見られるというのは、絵の好きな子どもたちにはとってもいいのではないかと思っていた。なぜならぼくがそうだったから。

それが15周年である。これはぼくの自費で建てて寄附したのだが建てておいて良かったと思っている。映画のほうは上映25周年なのでこれもシナリオの段階から悪戦苦闘しながら練り直している。しかしぼくの身体はそうとうボロボロになってしまった。いろんな病気をしたがそれは何とか耐えられた。しかし眼が見えなくなってきた。これには本当に参った。しかしベートーベンは耳が聞こえずバッハも眼が見えなくなってからも傑作を書いた。ぼくはまだオボロゲながら見えている。死ぬまでは仕事をする。それが生きているアカシだから。

希望のハンカチ

去年のアンパンマン映画のテーマは復興であった。これ以外にないとぼくは思っていた。そして「よみがえれバナナ島」の作品になった。なぜバナナかといえばバナナダンスという歌がアンパンマンシリーズの中にあった。その軽快なリズムがぼくは大好きだった。しかし、あまり評判にならず、いつのまにか忘れられた歌になり、ＣＤが発売されても除外されることが多かった。

ぜひバナナダンスをもう一度、がぼくの中にあって、この歌をつかいたくてバナナ島の話になったのである。

皆さんはフシギに思うかもしれないが、原作者のぼくの意見はあまり実現しないことが多い。映画というのは複雑である。スタッフ全体、あるいは製作者の意向、あるいはなんだかわからない圧力によって変わってしまう。

原作者なんてとても弱い存在である。そのくせ映画のプログラムには原作者としてコメントを書かされる。まるでぼくが製作しているみたいである。もちろん悪口は書けない。絶対

の自信作、ベストの作品とほめる。これが少しつらい時もある。

去年のバナナ島は70パーセントぐらいはぼくの意見が採用された。映画の評判はよく今までで最高の興行成績になり、お祝いの花をあっちこっちからもらった。

そこで今年の映画はぼくの案が採用されて、テーマは希望に決定した（7月6日公開予定）。復興の次は希望だとぼくは思った。今のこのどんよりした、いやな感じ、暗い世相、その暗雲の中に希望の光を探したかった。

テーマソングは自分で作詞、作曲した「希望のハンカチ」である。

しかし、シナリオを書くのはぼくではない。ライターである。このライターに自分の考えをうまく伝えるのが難しい。演出も自分ではない。みんな個性が強烈だから、ねじふせるのは難しい。若い時なら格闘したが、今は心身ともに衰弱してとてもたたかえない。映画というのは総合芸術で、全部のスタッフ、出演者もふくめて全員の歯グルマがかみあわないと良質の作品は生まれない。

会社としては興行成績と利益を気にして、ウケることばかり考えるが、それはマチガイである。

良質の作品をつくることだけに熱中すればいい。それが利益につながるのである。

低予算、短い製作期間で完成させなければならないので毎年苦労する。

今年はどうなるか、ここまでくれば、後は天運にまかせるのみでジタバタしてもしかたがない。

しかし希望のハンカチの歌は映画封切の前に皆さんに聞いていただきたいと思っている。

ハンカチをふりながら歌うので、ハンカチのデザインもする。ＣＤも発売される。

コンサートもやりたいと思っている。というわけで引退を考えていたのに、かえっていそがしくなってしまった。

可憐なカレンダー

ぼくの部屋には3種類のカレンダーがある。ひとつは「日めくり」で毎日1枚ずつはがしていく。今日は月曜、火曜という風にその日その日がよくわかる。二つ目は12枚で構成する1ヶ月毎のカレンダーで、これは毎月の予定を書き込むのに便利だし、今月の仕事は大体こんな風な予定というのがわかる。3番目は年間が一覧できるポスターになったものである。これは今年一年が見渡せるし、過ぎてしまった月の記憶もよみがえることがあり、その点は便利だ。

この3種類のカレンダーの中で一番可憐だなぁと思うのは「日めくり」である。過ぎてしまった一日は破り捨てられて屑かごに捨てられる。あっという間に今日の一日は過去になり、二度とよみがえることはない。屑かごの中は空費してしまった時間がクシャクシャにまるめられて捨てられている。哀愁胸にせまるので、日めくりはいやだと言うひともいる。3月、4月、5月という季節はぼくの仕事場は忙しい。来年のカレンダーの制作、夏の映画の準備、映画絵本とポスターの制作、それに今年は4月にオープンする神戸のアンパンマンこ

どもミュージアム＆モールのポスターと館内に飾る絵も描かなくてはならないし、アンパンマンアニメ放映25周年の記念CD制作もあるのでアタフタしてしまう。それに94歳と加齢したので、さすがに疲労して昔のようにはいかない。

　ところでカレンダーであるが、毎年アンパンマンカレンダーを作る。もちろん季節にあわせるが、もうひとつ1月ならひとつ、2月ならふたつ、12月なら12という風にその月の数にあわせて絵を描く。たとえば12月だとウマ年だから12頭の回転木馬を描くというぐあいである。子どもがカレンダーを見る場合、絵の中にもその月の数の絵が入っていれば楽しいし、数も覚えられると思ったのが始まりだが、毎年やっているので新鮮なアイディアをひねり出すのが大変である。そして毎月の短い詩も書きそえることにしている。これはアンパンマンカレンダーだけの特色だと思うが、誰もほめるひとはいませんね。べつにカレンダーでほめられなくてもいいので、自分だけ勝手に苦労して喜んでいる。

ぼくはデザインのことを全く知らず、デザイナーになる気もなかったが、絵を描く仕事はしたいと思ってデザイン系の学校に入学した。入学して驚いたのは、ぼく以外のひとはみんなデザイナー志望できちんと予備知識を持っていたことである。ぼくはすっかりとまどってしまったが、漫画家を職業とする現在でも、全く無意識のうちにぼくは造形し、レイアウトし、デザインしてしまう。古いタイプではあるが基本的にデザイナーなので、アンパンマンのキャラはみんなヌイグルミや玩具等にする時つくりやすいのである。カレンダーもその点では可憐な絵になるので、可憐なカレンダーである。

一気描き

ぼくは漫画家である。絵本作家でもある。いずれにしても絵を描く仕事を職業としている。この世界で、ぼくはわりあいと下書きをていねいにする方だと思う。漫画を描くにしても、絵本を描くにしても、鉛筆で下書きをつくる。こまかく修正して、きちんとしたものをつくるので、棄(す)てるにしのびない。清書したものといっしょに額装して保存していたりしていたのである。

ところが92歳をすぎたところで、眼が見えなくなった。右眼は失明、左眼はぼんやりぼやけている。鉛筆の線が見えなくなった。

しかたがないので、引退しようと思い、まず公職をすべて辞退した。これが大変でね。なかなかすんなりとやめられなかったが、まあなんとか納得してもらった。

しかし仕事の方はどうしても全部整理はできなかった。多くのひとにメイワクをかける。ぼくをたよりに生きているひともいる。

文章はなるべく口述筆記することにして、なんとかしのいだ。さて、絵をどうするか。鉛

筆の線が見えない。

ふといマジックペンで大きく描くことにした。下書きは全くしない。エイ、ヤアと見当をつけて一気に描いていく。描き上げてから「どうだ、描けているかなあ」とアシスタントにたずねる。「描けてますよ」と言われるが、本人はよくわからない。

しかし下書きを全くしないで一気に描くという楽しみが生まれた。昔のようにていねいな下書きを清書するのではなく、いきなりのぶっつけ本番描きで、失敗すれば何度でもやりなおす。もしかするとこのほうが正しいかもしれない。根が小心な性格だから、今までは大たんに描けなかった。それが今では大たん不敵というか、眼にもとまらぬはやわざで（というほどではないが）一気に描く。このやり方のほうがいいと思う。本当に上手なひとは下書きなんかしない。ぼくがこの世界に入って先輩の仕事を見ていると、本当に神業のように描けるひとがいて、ぼくは見ていてびっくりした。とてもあのマネはできないと思った。ぼくのは神業ではない。やむを得ずの一気描きである。

しかし、なんとかなるものだ。とりあえず現在の仕事はシメキリにおくれずになんとかこなしている。

そのかわり、頭の中で消したり描いたりしている。これでいいのだというところへきてから、はじめて描く。

面白いことに、眼がわるくなってから、昔よりも夢を多く見るようになった。夢の世界ではぼくはこまかい絵も描くし、ふしぎなことに画集を見たり、前衛美術展を見にいったりする。そして、けっこう眼が見えていると思ってうれしくなったりする。最近は夢と現実のさかいめがよくわからなくなってきた。

天命の終わる日が近づいたということでしょうね。しかたがありません。

ジャムカン大明神

すでに古い話になってしまったが今年の1月、ＮＨＫのＢＳプレミアムでぼくとカミさんのドキュメントドラマが放送された（高知のみ5月5日ＮＨＫ総合で再放送）。

幸いに好評であった。この中でぼくとカミさんが暮らしはじめておたがいの財産というか、持っていたものを見せ合うシーンがある。

当時東京はまだ焼野原みたいな焦土の時代だから、野宿も覚悟しなくてはいけない。ぼくは軍隊時代のハンゴーを持っていた。幸いにカミさんの友人が建築屋でその家の子供部屋に住むことができたので、ハンゴーは使わなかった。

さてカミさんだが、ジャムの缶詰を1個持っていた。ＴＶの画面ではカミさんがレッテルをはった平べったい缶詰を見せていた。

実はこれは違うんですね。缶詰と言っても高さ30センチ直径15センチぐらいの小型ドラム缶みたいな容器で、レッテルなんか無い。これはおそらくアメリカの軍隊用のジャムだと思う。どっしりと重かった。

当時食糧はすべて配給だったので、1人暮らしをしていたカミさんにこの小型ドラム缶のジャムがきてしまった。なにしろ缶を開けてしまうとすぐに食べなければいけない。この巨大なジャムの缶詰をカミさんは宝物みたいに大事に保存していた。

ぼくらが一緒に共働きの暮らしをして、いくらか生活に余裕ができても、このジャムの缶詰は我家の守り神のように台所に置かれていた。いざという時はこの缶詰を開ければ、なんとか1週間は生きられるという安心感があった。ジャム大明神みたいな感じだった。

あんなジャムの缶詰は今は見ることができない。

ＮＨＫの小道具の係の人が普通のありふれ

た現在の缶詰を用意したのは無理もないことだ。もちろん見ている人もなんの違和感もなかったと思う。あんなちっちゃなジャム缶では全くあの頃のぼくたちの気分とはちがうものになったのはしかたがない。

あの頃、ほとんどの人は貧しかった。でも東京の空は青く澄み、夜は星がまたたいていた。晴れた日には富士山が見えたし都心にいても隅田川の花火も遠望できた。カミさんはまだ若く美しく愛らしかった。貧しいけれど楽しかった。ぼつぼつ食糧事情が好転してくるとライスカレーにも感動し、ラッキョウや福神漬けにもそのおいしさにうっとりとした。ラーメンのチャーシューも嬉(うれ)しかった。

カツ丼のおいしさにも涙がこぼれた。

その頃になってやっとジャムの缶詰を開けてパンにぬって食べた。意外とアッというまに無くなってしまった。我家のジャム大明神との別離はあっけなかった。ストロベリージャムだったけれどオープンしないうちが花だったと思う。神秘的で我家のマスコットだった。

あれがつまり、幸福というものだったと思う。

幸福は不幸で貧しい時に初めてわかる。

ひとり旅

女優の森光子さんが92歳で亡くなられた時、ぼくはオシマイだと思った。ぼくは心ひそかに森光子さんはライバルだと思っていたのだ。

森光子さんは女優で、ぼくは漫画家で絵本作家でもある。森さんは女性でぼくは男性だから全く違っている。ライバルというのはおかしい。

しかし似ているところがある。若い時の森さんはパッとしなかった。身体も弱くて色が黒く、黒ミっちゃんとよばれるほどで、メイクしても色の黒いのが隠せなかった。ところが急に色が白くなりはじめた。身体が白と黒のマダラになり、やがて全身白くなった。白斑という一種の病気で、太陽の光にあたると紅（あか）くなるので、夏はパラソルがないと外を歩けなかったらしい。

しかし脇役しかできないと言われていたのが菊田一夫作の「放浪記」が大ヒットの当たり役となり、大女優となった。

色はぬけるように白くなり、年齢よりもはるかに若く愛らしかった。

ぼくも子供の時から色が黒かった。南国高知の生まれだから紫外線は強いが、その中でも特別に色が黒かった。別に役者をめざすわけではないからさしたる事ではなかったが、前半生は苦難の連続でパッとしなかった。中年過ぎてもまだダメで、つくづく自分は才能が無いとほとんど絶望していた。

ところが60歳過ぎてから運命が好転しはじめた。そして70歳過ぎてアンパンマンがヒットしてしまった。カミさんが75歳でこの世を去ったのは痛恨のきわみで落ち込んでしまったが、なんとか立ち直った。そして驚くべきことに、このあたりから色が白くなりはじめたのである。

ぼくは別に何もしなかったし、森光子さんのように白斑でもない。ある日腕を見ると白いモヤモヤとしたものが皮膚に浮かんでいる。はてなと思っているうちにどんどん脱色して白くなった。そしてその頃できていた老人シミのような斑点はあっというまに消えてしまった。手の甲や腕に浮かんでいたシミは全部消えてしまった。94歳の現在は一点のシミも無く、マッ白である。

左の頬にガッチリと凸凹になったホクロがあった。帯状疱疹（ほうしん）もやったので、黒いシミがアゴにかけてできた。皮膚科の教授に「これは一生消えません」と宣告されたが消えてしまった。ホクロはまだいくつか残っているが小さくなり、色がうすくなって目立たない。

いったい身体の中で何が起きているのだろう？　ぼくにはわからない。

そのくせ眼と耳は完全に老化して、元気老人に比べるとほとんど役に立たない。色が白くならなくてもいいから、こっちが復活してくれればよかった。しかたない。そのうち天命がつきる。ライバルはいなくなったし、ひとり旅である。

サプリの花ざかり

もしも健康になれるなら死んでもいいというジョークがあるが、ジョークでなく本当にそう思う時がある。

ここと思えばまたあちら、一難去ってもまた一難。七転八起、とにかく中年以降のぼくは病気ばかりしている。つくづくいやになる。

世の中にはやたらに健康な人がいる。70歳すぎてマラソン完走とか、80歳でエベレスト登頂とかね。ぼくとは別の人種で、全く参考にならない。このひとたちは健康の天才である。ぼくはそうはいかなかった。そして規律正しい生活もできず、グータラで、運動不足で、夜ふかしで、ズボラであった。だから病気になるのはしかたがなかった。ごく自然ななりゆきである。

それで、やたらにサプリメントにたよることになる。ぼくのようなダメ人間は世間に多いらしく、今やサプリの花ざかり。健康産業が乱立している。どれを見ても、やたらに効果がありそうで、これさえ飲んでいれば不老不死みたいな感じで、愛用者が写真入りで微笑しな

がら「おかげさまで元気。死を覚悟した私が、今はフラダンスを2時間おどっても平気」なんて語っていたりする。ホンマカイナと思うがついフラフラと買いたくなる。フラダンスはおどれなくてもフラフラになる。

これでは医者いらずだと思うが、病院へいってみると、全国民が病気ではないかと思うほど多勢病人がいて、病院では病人は患者様と敬語で呼ばれている。

ぼくもそのひとりで、病院とはすっかり顔なじみになり「いらっしゃい」なんて掃除のおばさんにまであいさつされる。

本日健康と思ったことがめったにない。それなのに気がついてみればいつのまにやら94歳。

「長命のヒケツは？」とか、「高齢者社会についての御意見を」とか、インタビューが多くなり、なにがなんだかわからなくなってしまった。

しかし、サプリメントの中にも、たしかに効果が確認できるものがあり、その時は同病の知人にすすめたりする。

病院の方も、後期高齢者で、もはや枯れ木の精みたいな爺さんなのに、妙齢の美女のナースが世話をやいてくれるし、手もにぎってくれる。楽しいことも多いからこうなったら病院生活を楽しもうぜと思っても、救急車で搬送されること15回、たえず死にかけているとウンザリでね。やはり病気はしたくない。俗世間の荒波の中で、泣いたり笑ったりしていたい。

なんといっても健康だよね。さりながら、節制と規律をまもれないぼくのようなひとはどうすればいいのか。なやみながらもまだ生きているから、案外これでいいのかもしれない。

ひとはみんな個性があり、それぞれ微妙にちがっている。だからサプリとの相性もひとそれぞれにちがう。

自分にぴったしのサプリにめぐりあうのは、これでなかなかむつかしいのである。

シルエット・スーツ

他の人のことは知らないが、94歳過ぎてから細胞が疲れ果てて死滅していくのが分かるようになった。

なるほどね、老化とはこれか。ついに天命尽きるのか。予想よりも遅かった。ま、こんなものかと納得している。

しかしどうもおかしいのは未(いま)だに精神が幼く、アホらしい事ばかり考えるのでこれには閉口である。よほどバカなんですね。

ぼくのダンシングスタイルのシルエットが本のカバーに使われていることは既にこのエッセイの中で取り上げたことがある（「おどるシルエット」２４５ページ）。このシルエットを見ているうちにこれを背広にして着てみたいと思ったのだから呆(あき)れる。

今は歩くのが危なくて箱入り爺(じい)さんみたいになり家に閉じこもっているのに、何でそんなとんでもない背広を、しかも特誂(とくちゅう)して生地からオーダーして作るのか？　どうも開いた口がふさがらない。

呆れながらもあれやこれやと相談して、そのヘンテコスーツは作られることになった。

ぼくの友人にカー好きの人がいて、自分でデザインする。既製のクルマを改造して自分の好みのクルマを設計する。これが実に嬉しそうなのだ。しかしついに完成するとどうも奇妙でね。実用には適さない。しかし実は製作の途中が一番楽しくてたまらないようである。

ぼくのスーツデザインもそれと似ている。あれやこれやと考えている時が楽しい。一度着てまわりを驚かせればそれでいい。こんな奇妙なデザインのスーツなんて着られない。一度着ておしまい。こういうバカなことも若ければ若気のいたりだが、既に浮世離れした絶滅危惧種みたいな古風な後期高齢者がやることではない。冷静に考えればそうなるが、これが止まらないんですね。ワクワクしてしまう。

今このエッセイを書いている時点ではスーツは出来ていない。しかし生地は染め上がってきた。そのあとは業者と相談することになる。実際に着るのはいつ頃ですかね。もしかしたら完成する前に生命の方がこの世にサヨナラとなっている。

ぼくの友人が病気になり入院する時「退院したら100号ぐらいの大きい絵を描くからね」と言った。でも彼はそのまま自宅に帰ることはなく、はるかな遠くへ行ってしまった。

そんなものなんですね。死ぬとは思っていない。ぼくも「もうダメ。おしまいだ！」と言いながら内心はまだもう少しは生きられるのではないかと思っている。

過ぎてしまえばみんな夢。人生なんて夢だから、やりたい事はやっておいた方がいい。

バカは死ななきゃナオラナイ。バカな性質に生まれついたからしかたがない。

というわけで、今はシルエット・スーツの完成を楽しみにして暮らしている。みなさんにも是非お見せしたい。なんてね。

サンデーはマンデー

サンデーはマンデーと片仮名で書くと日曜日は月曜日と読める。はてな？　それはおかしい。実はマンデーは「鰻(うなぎ)の日」ウナ丼の日なんですね。ぼくは日曜日の夕食にはウナ丼を食べている。

糖尿病でほとんどの食事が薄い味でしかもカロリーの低いものが多い。おかげさまで血糖値は安定し、オナカは見事にペチャンコでやせている。しかしガリガリのホラーマンほどにはやせていない。筋肉はついているし肌もまだ水分がありシットリしている。

あまり節食しすぎるとスタミナが不足するので、鰻を週に1度食べることにした。食べるもの、クスリ、運動、すべて個人差がある。

AにいいものがBにいいとは限らない。だから自分でテストをする。ニギリズシは5個まではOKとか自分のデータを確かめていく。

食べてから血糖値を時間をおいて確かめてみるのである。血糖値の測定は指とか耳タブから微量の血液を採取して検知する。めんどうだし、アルコールで消毒するので毎日やってい

ると指先がカサカサになる。しかし趣味にしてしまえば面白い。楽しめる。

「あがった、さがった」と記録をして病院に行く時に持っていく。病院ではいつも血液検査があり、この時には平均値Ａ１Ｃもわかる。合格だとうれしい。悪い時には「この次は下げてみせるぞ」なんて思う。指のカサカサはハンドクリームを塗っておけばいい。

さて鰻であるが御存知のスタミナ食だが「鰻丼とは大胆不敵！」と医師にはあきれられてしまった。ところが平気なのだ。血糖値は上がらない。ただしタレとゴハンを少なめにする。そしてぼくの食べるのは老舗の「宮川」のものである。これは味が淡白である。

鰻は関東と関西ではまるでちがう。関西ではそのまま蒲(かば)焼きにして味も濃い。関東は蒸して味が薄い。ただしこれは一般論であって実は店ごとに違う。鰻とは実に不思議な生物でナゾが多い。そして蒲焼きにして食べるのは日本だけである。シブウチワで叩きながら焼くあの技術は日本人でなければ不可能だ。それにタレが秘伝の微妙な味で、たとえ天災に遭(あ)ってもタレの入った甕(かめ)だけは命がけで持ち出して逃げる。

だから鰻丼を食べてもすべての人が血糖値は安定とはいかない。おいしくてしかも自分の体調にピッタリという食品にめぐりあうのはこれでなかなか難しい。研究と努力が必要である。なんて偉そうなことを書いたが、ぼくは栄養学とかそっちの方はまるで知らない。ただ幸いにして自分の体調を維持するのに具合のいい、しかもおいしいものを探して試しているだけである。その中では鰻は試行錯誤の末にめぐりあい、サンデーはマン（鰻(まん)）デーとなったのである。日曜日になると心がときめく。肝の串焼きも食べる。これは眼にいいのではないかと思っているのだが、今のところ視力は改善していない。おいしいから満足。

「ユリイカ」

「ユリイカ」という雑誌は昔から知っていた。内容がハイブロウでぼくには歯が立たなかった。自分とは全く縁の無い世界のメディアだと思っていた。「ユリイカ」というのはギリシャの賢人アルキメデスが合金の金の純度を計る方法を発見した時に使った言葉からきているらしい。「我発見せり」である。

アルキメデスはそれを入浴中に思いつき嬉（うれ）しくて裸のまま飛び出して「ユリイカ！」と叫んだのが語源ということになっている。

ところがこの「ユリイカ」がぼくの特集をするというのでこれにはビックリした。こんな事があっていいのだろうかと思った。そして本当に完成して青土社から発売されたのである。これがまた実によく出来ていて、嬉しいけれども恥ずかしい。なぜかと言うと赤ちゃんの時から現在のぼくまでほとんどこの一冊に納まっている。あちらこちらで何度かやった対談もうまい具合に集められ、ぼくの誕生日の赤ちゃんの写真から94歳の現在までの写真、父親、母親、弟の写真も載っている。つまりぼくの事はこの一冊を読めばほとんど全部分かるのだ。

アホな部分もナマイキな部分も手に取るように分かる。これは相当ヘタで出したくないなと思った絵も出ている。これでいいのかも知れない。自分でやればヘタな部分や恥ずかしい所は載せなかった。編集の腕の冴えを見せつけられたという感じである。

恥ずかしい話だが、ぼくは自分の人生が終わりそうになった現在やっと自分の作品の方向が見えてきた。これが自分の道だと思うようになった。詩人ではないがそれでも書き続けてきた詩も、最近やっと誰にも似ていない「やなせたかしの詩の世界」に入ったと思う。

それがいいとか悪いとかは別にして、誰にも似ていない自分自身の世界にやっと辿りついた。さぁこれからだ！と思った時残念ながら体力が落ち、人生が終わりかけていた。まぁこんなもんでしょうね。なかなか思うようにはいかない。しかし若い時に絶頂期を迎え華麗な人生を送りながら晩年が不幸に終わった人を何人もぼくは知っている。人生の終末期が惨めであるのはつらい。それに比べれば人生のラストに絶頂期が来て経済的に何の心配も無く、これからだという時にもう少し仕事をしたいと思いながら終わるのは幸福と言えるかも知れない。

ぼくは自分の人生が恥ずかしい部分も含めてようやく剥き出しになっている「ユリイカ」をながめてつくづくそう思った。

アルキメデスも喜びのあまりに裸で風呂から飛び出して跳ね回り、これは後で随分恥ずかしかったと思うが、ぼくもほとんど裸にされてしまった「ユリイカ」は嬉しいけれど恥ずかしくてたまらない。平凡な才能でしかも怠け者で何をやらせてもまわりの天才たちに敵わなかったぼくとしては、幸運に恵まれたことを感謝している。

カナリア

ぼくは過去を振り返らない主義だったが、人生の晩年になってみるとやはり昔の事をなつかしく思うことが多い。日本橋三越の宣伝部を退職してフリーの漫画家になった時すでに35歳、漫画家としては非常に出発が遅かった。しかし四谷の荒木町に縁があって45坪の土地を買い、そこへ木造モルタルの2階建ての家を建て、電話も引いてから退社した。箱庭のような狭い土地だったが白い金網のフェンスには蔓バラがからまっていた。

蔓バラはもともとそこに生えていたのである。でもとても可憐できれいだった。赤いレンガにあこがれていたので門柱に赤レンガを積み上げ、玄関にも赤レンガを敷いた。軒下には鳥カゴがぶら下がっていてローラーカナリアを飼っていた。このカナリアがなぜそこにあったのかは分からない。カナリアを買った記憶は全くない。もしかしたら新築祝いに誰かがプレゼントしてくれたのかも知れない。

見た目も本当に可愛いカナリアでいい声でよく鳴いた。考えてみるとカナリアはたった一羽だったから異性を呼ぶために鳴き続けていたのだろう。しかしカナリアに応える異性のカ

ナリアはいなかった。

　ぼくは5歳まで東京の滝野川に住んでいたが、その時父親はぼくの為に何枚かの童謡のレコードを買ってくれていた。そのほとんどをぼくは今でも歌える。ぼくはまだ3歳か4歳くらいだったと思うが、西条八十作詞のカナリアの歌が心に残った。♪歌をわすれたカナリアは柳のむちでぶちましょか、いえいえそれはなりませぬ♪という歌詞が子どものぼくにもひどくインパクトがあった。いえいえそれはなりませぬという否定語がよかった。

　それまでの童謡にはそんな言葉は絶対に出てこなかった。西条八十はその後流行歌を多く書き詩人としては経済的にも大変恵まれたのでかえって軽く見られているが、そのデリケートなセンスは素晴らしいものがあったとぼくは今でも思っている。

さて荒木町のカナリアだがこれがまた見た目の本当にキレイな鳥でおまけにいい声だし、我が家へ来る人はみんなカナリアを誉めてぼくも自慢だった。その頃のぼくはナマイキが洋服を着て歩いているようにナマイキだった。アメリカのスタインベルグやフランスのアンドレ・フランソワのマンガに影響されて現在の日本のマンガは低級だ、これを改革しなければいけない、なんて思って一人よがりな作品を描いていた。今その頃の作品を見るとヘタとも何とも形容できないもので実にはずかしい。こんなものでいくらか原稿料を貰っていたかと思うと申し訳ない気持ちでいっぱいになる。

このカナリアはある日コトンと止まり木から転げ落ちて死んでしまった。たちまち剥製の標本と同じになり、足を縮めて冷たくなった。ぼくもあのカナリアのような死に方がいい。死ぬまで歌い続けていてある日コトンと転げ落ちておしまいというのがいい。

第10章

人生は喜ばせごっこ

日本語がわからない

大変恥ずかしい話だが僕は不勉強であまりものを知らないせいだと思うが、日本人なのに日本語がよくわからなくなった。

新聞や雑誌を読んでいても知らない言葉が多い。とくに最近は英語の略字がやたらと入るので、はて、何のことやらと思ってしまう。すぐ調べてみればいいのだが面倒なのでわからないまま読み流してしまう。政治家たちも国民に政策を納得してもらうためにはなるべくわかりやすくすべきだと思う。公約と言えばいいのにいつの間にやらマニフェストなんて言うようになった。マニフェストというのは共産党宣言の時に使った言葉である。自由主義の国家がなぜこの言葉を使うようになったのかよくわからない。おまけにそのほとんどが実行されないか失敗している。呆（あき）れ返ってしまう。実は僕は政治に対してはいっさい意見を言わないことにしている。なぜかというとそれならお前がやってみろといわれた場合僕にはできない、自分ができないことを批判するのはまちがっている。

最近のサプリメント（栄養補助食品）はカタカナのものが多い。病院の中もカタカナであ

ふれている。昔はせいぜいレントゲン位だったのがエコー、CTスキャン、MRI、PETなんて言うのもある。PETといっても愛らしい猫や犬のような愛玩動物ではない。陽子線を使った最新の検査である。

　インフレとインフルとインフラはよく似ていて紛らわしいが実は全く違う。そこへ古い日本語が入り交じり四文字熟語のような漢字文化も入っているから複雑になる。相当日本語のできる帰国子女が理解できないのが四文字熟語である。臥薪嘗胆（がしんしょうたん）、温故知新とか日本人なら一目で分かるが説明しろということになるとむずかしい。おまけに勝手に和製英語を作る。デパートとデパートメントストアーでは意味が違ってくる。デパ地下なんて言う。

益々（ますます）わからない。現在、情報はスマホの時代で活字文化の時代はおわりつつある。

僕は活字文化が好きだし、複雑な日本語も好きである。単行本には一章ごとにややむずかしいと思われる言葉には終わりに注がついている。新聞記事も今では1面にその日のメインの記事の目次をのせるようになって便利だが各ページごとにその日のややむずかしそうな言葉には簡単な注を付けて解説したらどうかと思っている。新聞は決して知的教養の高い人物に読ませるものではない。田舎のおじいさんやおばあさんも読むのである。

さて、僕のこんな風な考え方はまちがっているのだろうか。

本人の僕にもその辺りはよくわかっていないのだから情けない。

宮崎監督の引退に寄せて思うこと

宮崎駿監督が「風立ちぬ」を最後に引退するという記事を読んだ時、ボクは驚いたが一方ではしかたがない、お疲れさまですとも思った。戦後の日本映画界に黒沢明監督が出現した時、ボクはその新鮮な才能にびっくりしてたちまち黒沢映画の大ファンになった。しかし、晩年になるとなんとなく黒沢映画は衰弱していくように思えた。その時ボクは本当につらかった。宮崎駿監督が「未来少年コナン」から「ルパン三世　カリオストロの城」「風の谷のナウシカ」へと一作ごとに成長していくのを見た時にもそのすばらしい映像感覚と演出に感動して、たちまち大ファンになった。ディズニーのアニメーションは色あせて見えた。しかし、「もののけ姫」以後はなんとなく作品が衰弱していくように思えた。それでも相変わらずファンではあったからこの次こそといつも期待していた。

宮崎駿監督も70歳をこえてしまった。長編アニメ映画は一作完成させると精神と体力の全エネルギーを使い果たし、もうこれでやめようと思う。ところが因果なものでしばらくすると体力が回復してきてまたつくるのである。もしも可能ならば優秀な後継者を育てて自分は

それを監修するような仕事をしていきたいと思うようになる。しかしこれが中々うまくいかない。真似することはできても天から授かった微妙な感性はこれを引き継ぐことはむずかしい。

実はボクも手塚治虫氏に依頼されて「千夜一夜物語」の美術監督をした時、アニメーションの世界に半歩ぐらい足を踏み入れたことがある。詳しい話をすると長くなるので省略するが、ボクの年齢と体力ではとても無理だと気がついた。それでアニメーションの仕事は今後一切しないと決めたのだ。だからアンパンマンがテレビアニメ化される時ボクはスタッフに「原作者として作品は提供するが現場にはいっさいタッチしない」と言った。ところが始まって試写を見ているとどうにも気に入らない。特にお子様映画は数が多い方がいいというのでアンパンマンのアニメ映画は最初は3本立てぐらいであった。この併映作品の質がひどく悪く我慢できなくなった。併映作品を2本立てにし、まずボクが最初に始めたのはきれいな色を使うことであった。色を美しくしてくれ。きれいな絵にしてほしい。声優に勝手なメロディーで歌わせるな。ちゃんと作曲した歌を歌わせろと注文した。何も言わないと宣言したのに文句タラタラになってしまった。ついに自分の家に試写室をつくり、いい作品には賞金を出した。お子様番組で儲からなくてもいい。とにかくきれいで世の中に全く害毒を流さない健全な映画にしたいと思った。ただそれだけである。

はじめてボクは気がついた。とにかく質のいい、自分の才能の許す限りの傑作をつくることに熱中すればいい。すると全く期待しなかったが、経済的にも報いられるのである。

秋刀魚と潤目

ニュースとしては今では古ぼけてしまったので申し訳ないが、岩手県の秋刀魚（さんま）が不漁で毎年協力している目黒の「さんま祭り」に今年は協力することができないということを知った時ボクはとても悲しかった。相当日本語が読めるようになった外国人も秋刀魚と書いてあれば「あきかたなさかな」と読むか「しゅうとうぎょ」と読むだろう。しかし日本人なら一目見て「さんま」と読む。なぜなら秋刀魚のかたちは細長くてまさに秋の刀だからだ。日本人は生まれついてみんな詩人だなあと感心する。南国土佐の高知には潤んだ目と書く「潤目（うるめ）」がある。鰯（いわし）のことなのだが「潤んだ目」とはこれまた風流。詩的な感覚がある。ボクは5歳まで東京の滝野川区に住み父親が亡くなったので5歳から小学2年生まで高知市の追手筋に住んだ。小学2年生の時に現在の南国市後免町付近に住み、昔の旧制中学を卒業するまでそこに居た。

そのころは季節になると前浜のおばさんが「ぶえんじゃこいらんかね」と売りにきた。ぶえんじゃこというのは漁師が自家用にとってあるもので天日干ししただけの生ものである。

そしてこれはいわしの稚魚、色の浮かない白子(しらす)である。きっちりと干して仕上げればちりめんじゃこになる。潤目の方も季節になると「とれたて潤目いらんかね」と売りにくる。漁師が自家用にとっておいた天日干しの生ものだからまだ肌はつやつやしているし黒潮にもまれて筋肉が引き締まり、まるまると太っている。これを炭火で焼くとうなぎの蒲焼きと同じようにあぶらが滴り落ちてぱっと燃え上がる。喉のあたりは小骨がある。内臓はほろ苦いが30センチほどの身の肉が引き締まって顎がおちるほどおいしい。大衆魚だから誰でも食べられる。日本人の基本的な性格は例外はあるにしても質素でつつましい。北の人は秋刀魚、南の人は潤目という誰でも食べられる

安くておいしい天下の珍味に恵まれたのだ。時代はたしかに進歩している。ボクらは冷暖房つきの家に住みウォシュレットのトイレを使い、進歩した台所用品で煙を立てないで秋刀魚や潤目を焼くことができる。その味も悪くない。おいしい。しかし昔のたき火で焼いた秋刀魚とか炭火で焼いた潤目に比べれば昔の方がはるかに安くておいしかった。

さて、ニロギであるがニロギとはヒイラギのことである。体長約15チセン、硬骨魚でヒイラギの葉のようにギザギザがついている。ヒイラギの葉に似ているので似ヒイラギ、ニロギとなる。これまた風流詩的感覚である。ボクが小学生だった頃伯父に連れられて、2歳年下の弟と一緒に浦戸湾に魚釣りに行った。漁師の船に乗せてもらい適当なところで船を泊め、釣り竿はなしで釣り糸に無毒のムカデとミミズの仲間みたいなエサを釣り針に5〜6本つけて水の中にたらした。たちまちツンツンと手応えがあるので引き上げてみると2〜3匹のニロギが釣れていた。ニロギがうようよというほどたくさん居たのである。つまり誰でも無料で食べられたのである。

この連載について

すべてのものにははじめがあれば終わりがある。華やかに活躍したアスリートたちもいつかは引退する。このオイドル絵っせいもボツボツおしまいにして最後のごあいさつを書こうと思っていた。ところが一方でそれを押しとどめる気持ちもある。

柳瀬家は３００年以上続いた香北の旧家である。僕の血脈の中には土佐の自然がしみ込んでいる。同じ漫画家の西原理恵子さんもまさに土佐人気質だが海の子なので僕と少し違っているが、何にも言わなくてもよくわかるので笑ってしまう。

僕は今、体調が悪く高知に帰ることはできなくなった。僕が故郷の人たちと紙上をつうじてお話しできるのはこのエッセイしかなくなってしまった。それならば沈没していく船のマストにしがみついてでも自分の近況について話し続けるべきではないのかと思ったのだ。僕は才能うすく生まれついて身の程知らずにもプロのフリーの漫画家になった。この世界に入ってみて驚いたのは月とスッポンどころではない比較にもならない天才が大勢いて何をやらせても僕は負けてしまった。

僕はいつまでも陽のささない谷間のようなところをよろめきながら歩き続けてきた。そしていつの間にか90歳を超えてもう人生が終わりそうになっていた。あたりを見回してみると天才たちはいつの間にか消えてしまいアンパンマンのアニメーションは25周年。アンパンマンのミュージアムは現在全国に5カ所ある。全部盛況である。バンダイ調べで人気と売り上げのナンバーワンが12年続いている。すべて奇跡のようなお話で自分のこととは思えない。そうすると僕は自分では人生が最後だと思っているが、もしかすると奇跡が起きるかも知れないとすれば、それを皆さんに報告するのはこの

エッセイが一番いいと思い直したのである。

ここまで読んだ人はなんと言うバカバカしい話だ、ついにやなせさんもだいぶぼけてしまって訳の分からないことを言うようになった、やはりもう筆を置くべきです、と言われるかも知れない。

さて、どうなんでしょうかね、自分ではまだはっきりした決心がつかないままでうやむやのうちに貴重な余生を無駄使いしながら暮らしている。

先日国会図書館で調べてもらったら映像、ビデオ、著書すべて含めて３３００。詩集だけで言えば49冊、いつの間にこんなに仕事をしたのか一番びっくりしたのは本人自身である。批評家にはただの一度も褒められたことがない。子供に読ませたい本ベスト１００にも選ばれなかった。これにはいつも常連みたいな作家たちがいた。うらやましくてしかたなかった。

さてこれから先どうなるか自分でも予測できない。これじゃあ死ぬまでやめられない！

空中スクリーン

ボクは男子短命の家系に生まれながら思いがけず長く生きてしまった。若いころには想像することさえできなかった人生晩年の後期高齢者のゴール近くまで来てしまった。

なぜだか精神的には未熟のままで成長がストップしてしまった。自分で言うのはおかしいが、外見的にもあまり老人にならなかった。ほとんどシワがなく体重も身長もあまり変化せず若いときの服がそのまま着られた。

ところが老化現象には容赦なく打撃を受けてしまった。まず多病になり視力と聴力が衰えてきた。それでもなんとか仕事は続けてきた。しかし92歳を過ぎたところで階段から転げ落ちるように一気にダメになった。耳が聞こえなくなったのはなんとか補聴器で不自由ながら仕事はできる。眼(め)の方はそうはいかない。70歳過ぎてから白内障の手術で一時は切り抜けることができた。思いがけない程よく見えるので喜びすぎて眼を酷使した結果、緑内障になり、まず右目が見えなくなり左目だけが薄ぼんやり見えている。

ボクの周囲には晩年になって視力を失ってしまった多くの漫画家や画家やイラストレーターたちがいる。一種の職業病でもあるのだがボクもその一人になってしまった。身動きとれなくなり寝たきり老人とまでは行かないが準寝たきり老人になってしまった。

しかし、仕事は容赦なく押し寄せてくる。連載の仕事もある。ボクは芸術家ではなく仕事はビジネスだと思っている。だから連載の仕事を頼まれるとまず6回分ぐらいは書き溜めてしまう。1年連載の仕事だと一気に半年分は書き溜めてしまう。こうしておけば作者病気のため休載という迷惑をかけなくて済む。ところが眼が見えなくなった現在はどうしているのか、実は頭の中にスクリーンのようなものがあり、そこにくっきりと出てくるのである。文章の場合はまずテーマを考えパソコンの文字をうつように書いていく。絵の方はこれはちょっと人物がむずかしいので逆光の中にたたせて影画のように描こうと思ったり、画面いっぱいのクローズアップにしようと思ったりする。頭の中にあるスクリーンで一応完成しているので文章の場合はそれを口述筆記して仕上げてもらう。絵の場合はわずかに残っている視力でエイヤアとばかりカンに頼って描く。

それをスタッフのアシスタントに見せて「どうかね、描けている」と聞く。スタッフが「描けてます。描けてます」というとそこから後はアシスタントに仕上げてもらうのである。このやり方でなんとか連載を続けている。そして必ず3ヶ月分位は書き溜めて渡しているのである。いいのか、悪いのかわからないが仕事はビジネスだと思っている。これがボクの空中スクリーンのお話である。だから準寝たきり老人なのに頭だけはいつも疲れ果てている。お世話になっている気功の先生がボクの頭に手を当てて「頭が疲れていますね。これが諸悪の元です」といった。

仮名とカタカナ

日本人は文章を書く時に漢字とカタカナと平仮名を使う。もちろんその他に外国語の言葉がそのまま入ったりすることも多い。

細かいことはさておくとして同じ文章や詩を書いてもカタカナと平仮名では微妙に違ってくる。その違いをうまく説明することはできない。たとえば宮沢賢治の「雨ニモマケズ」はどうしてもカタカナでないと東北の肌に突き刺さる冷たい雨の感じがでない。平仮名にすると雨が少し暖かくなってしまう。

詩の中に使われている雨という漢字がまたすごい。一目見ただけで雨が降っているのである。この詩をローマ字で書いたり外国語に翻訳してしまうと妙に教訓臭が強くなりこの詩の中に流れている、リリシズムが全く失われてしまうのである。ましてこの詩は宮沢賢治の手帳の文字をたどってみると一番おしまいの部分は「南無妙法蓮華経」、その文字は終わりの方になると全く乱れてしまってグチャグチャになってしまうのである。これは全く翻訳不可能である。

ボクらは日本人として海に囲まれた細長い列島で世界で一番デリケートな人間になってしまった。風流をたしなんだりワビとかサビとか説明しにくい微妙な感覚を愛するようになってしまった。

お金持ちなのにごく粗末な掘建て小屋をたて月の光を愛したり、外国人は雑音としてしか感じない虫たちの発する音を松虫、鈴虫、クツワ虫のように聞き分けて喜んでいる。

目にはさやかに見えねども風の音にぞおどろかれぬる。なんていう感覚は外国人には全く理解できない。外国人の中でこのデリケートな感覚に一番近いのはフランス人ではないか。フランス人はシックで粋な感覚とリリシズムがある。これはルネ・クレールの映画「巴里祭」を見ればよくわかる。ちなみにフランスにはパリ祭なんていうのは存在しない。ルネ・クレールの映画に出てくるのは下町のありふれたお祭りに過ぎない。

ところが最近は地球全体の気候が一変してしまった。天の底が抜けてしまったような豪雨が降り、竜巻がおこりデリケートな感覚は吹っ飛んでしまった。同時にイラストや音楽、漫画の世界も含めて微妙なリリシズムはすっかり失われてしまった。ボクのように古い体質の人間は絶滅危惧種になってしまった。それでもボクはまだ生き続けている。進歩できないままで生き残ったシーラカンスや兜蟹（かぶとがに）のようである。ボクはこれでいい、じゅうぶんいまのままで満足していて幸福である。

しかし激変した底抜けの豪雨や竜巻は怖くてたまらない。無神論者なのに神仏に祈っているのだから全く情けない。

不思議な人

世の中には常識では理解できない不思議なことが意外に多い。僕の場合で言うと僕自身が自分で不思議でたまらないのだから実に不思議である。漫画家というのは自由職業であって会社のように社長、重役、部長、課長と言ったような階級は全くない。みんな同じなのだがA級、B級、C級というような世間の評価の差がある。僕が自分で甘く採点するとB級の上の方かと思っているが世間の評価はもっと低いようだ。僕がエッセイの中で手塚治虫君はと書いたらたちまち投書がやって来た。手塚治虫さんは漫画の世界の神様のような人だ、それに引き換えお前のことなんか誰も知らない、手塚治虫君なんていうのは無礼だ、許せないと書いてあった。僕は赤面した。たしかにそのとおりである。手塚治虫氏は僕よりも10歳近く年下であるが既に神のような存在であった。

たしかに投書者の言っていることは正しいのだが僕は大先輩は横山隆一先生、杉浦幸雄先生であり仲間は全部馬場のぼる君、藤子不二雄君とすべて君をつけていた。その点手塚さんはもっと上手だった。すべての人に氏、英語で言うミスターである。やなせ氏、馬場氏、石

ノ森章太郎氏である。なるほどね。これがうまい呼び方だなと僕は感心した。そんなわけで僕の世間的な評価額は相当低くてA級上位の人と比べれば月とスッポンであった。しかしスッポンにはスッポンの楽しみがあり10円には10円の幸福がある。食うや食わずで、死ぬほど空腹な時に食べる一番安い醤油ラーメンも天国の味のおいしさだが、なに不自由なく何でも食べられるような身分になれば選び抜かれた最高級のごちそうでもそれほどおいしくないのである。というわけで泥にまみれたスッポン漫画家は十分に満足であった。

特に僕の作品を見た人が喜んで笑ってくれるとうれしくてたまらなかった。僕は「人生は喜ばせごっこ」が一番楽しいと思うようになった。

そしてある日あたりを見回してみると月の世界

にいた華やかなスターたちはいつの間にか消えてしまったり、中にはひどく落ちぶれて目も当てられないほど惨めになっていたりした。一方スッポン漫画家の僕の方と言えば世間の評価が極端に低かった僕の作品はその多くが消えもせず生き残っていて、ついに全作品を復刊しようという話になりすべてが生き返ることになった。その他に絵本以外のメルヘンや初期のマンガを集めてほとんど全作品を収録した「やなせたかし大全」という上下2巻の豪華本が限定出版されることになった。こんな作家は世界中さがしても滅多にいない。アンデルセンは童話の他に切り絵や簡単な絵を残しているがほんのわずかである。

日本でも竹久夢二や加藤まさをや蕗谷虹児は詩も書いているがそれぞれ一曲ずつの名作を残したが後はわずかである。やなせたかしの方は詩集の数だけで49冊、おまけに作曲までしている。こんな不思議な作家はいないと本人が一番不思議がっている。

※編集部註「やなせたかし大全」は全一巻で発刊されました。

雑踏文化

私たちはこの世に生まれてからいろんなことを学びながら成長していく。はじめはみんなゼロの状態である。もちろん家庭や学校教育や読書をふくめて多種類のメディアから知識を吸収している。

各地に盛り場がありそこには群衆が群れている。雑踏文化のようなものが生まれる。ところが大阪の有名な盛り場、通天閣のある新世界の商店街の半数がシャッターを下ろしているというニュースには本当にびっくりした。東京でも日本のシャンゼリゼとよばれた銀座にはもう昔の面影はない。午後の7時を過ぎるとほとんどの店のシャッターがおりてしまう。

それでも新宿にはまだ雑踏文化が残っている。地方へ行くともっとひどくなり人影のないゴーストタウンのようになってしまったところが多い。ボクらは雑踏の中で多くのことを学んできた。すてきな人を見るとそれを真似(まね)しようと思い、安くておいしいレストランをさがし商店街の人たちは客を呼び込むために知恵を絞り、それは一つの民衆芸術になり進歩していった。町から消えてしまった人たちはいったいどこへ行ってしまったのだろう。アフリカ

でスマホを見て歩いているうちにライオンに衝突したという笑い話があるように、歩きながらスマホばかり見ているためにさして人通りの多くないところで衝突して相手を怪我(けが)させてしまったという事件が続出した。被害者の多くは高齢者であった。おそろしい時代になってきた。

人々は架空の世界で生きて現実の社会は荒れ果てていく。ＩＴ中毒患者なんか出てきて夜も眠れなくなり突然被害妄想がおきて全く理由がないのに無差別に殺人を犯してしまったりする。凶器の包丁を買っているのだから明らかに意識があったはずなのに、本人を問いただしてみるとそんなひどいことをした覚えがまったくないとこたえたりする。人類絶

滅の未来は意外に早くやってくるかもしれない。ぼくがこの話をするとそれは君の被害妄想だよと笑われてしまう。僕はＩＴ中毒ではないし、スマホなんか全く見ていない。しかし、眼に見えない妄想のウイルスが世界中に飛び散って感染してしまったのかもしれない。

文明が進むにつれて世の中は進歩してきた。野蛮な時代は終わった。しかしすべての進歩は円周になっていて無限だからある地点を過ぎると逆行し始める。僕はそう思っているが全くの思い違いかもしれないし、やなせ理論として確立する自信は全くない。

果たして真実はどうなんですかね。

これをお読みになった人に感想も是非聞いてみたいところだが。ＩＴ中毒患者が激増しているというのはまぎれもない事実である。

優しさとユーモア

内川雅彦

「オイドル絵っせい」第３２１回「この連載について」の原稿のタイトルにどきっとした。体調が悪い状態が続いたが、いよいよ連載を終えるのか。読むと、杞憂にすぎず、意欲を新たにされたのが分かった。が、結びが気になった。「これじゃあ死ぬまでやめられない！」。やなせたかしさん流のオチだが妙に引っ掛かった。

生前頂いていた原稿で、掲載日は事前に打ち合わせていた通りだが、それを待たずに亡くなった。

月２回のこの連載を担当するようになったのが２００９年４月。１９９９年の連載開始後、異動などで担当は代わり、私で４代目になる。

執筆者として、やなせさんはありがたい方だった。内容は毎回問題なく、事実関係を指摘することもめったになかった。頭が下がるのが常に前もって数本寄稿してくれた点。毎日載せなければならない新聞小説がなかなか出来上がらず、編集者が悲鳴を上げた作家もいる。毎日と月2回では比較にならないが、やなせさんの場合はいつも次の原稿が手元にあった。

印象に残るのは優しさとユーモアだ。「エッセーがきれそうになったらお知らせください。2本ぐらいはすぐできます」と気遣ってくれたこともある。2年前に体調を崩してからは、自分の体を題材に哀愁を漂わせながらも軽妙な内容が増えた。サービス精神が豊かでもあった。昨年出版した「93歳・現役漫画家。病気だらけをいっそ楽しむ50の長寿法」では、腕立て伏せする姿も披露している。

紙面の形に組んだ連載のゲラ刷りをファクスで送ると、手書きの返信が来た。「FAX拝見！　修正ナシ　OK」が多かった。時折近況も書かれていたが、それも次第に減っていった。やなせさんの体調はよく分かっている。見えにくいという目、相次ぐ入院。新しい原稿をお願いするのは心苦しかった。

振り返ると、虫の知らせのようにも思える出来事があった。9月中旬に事務所を通じて、ウルメ、ニロギ、ノレソレについて調べてほしいと連絡があった。原稿の下調べを頼まれたのは初めて。資料を送ると間もなく原稿が届いた。10月初めに掲載した前回第320回「秋刀魚と潤目」。病床で、小学生のころ釣りに行った記憶と、懐かしい故郷の味がよみがえったのだろうか。

事務所の方によると、イラストは入院した病室のテーブルで描いた。「年内いっぱいの分を描いておけば迷惑が掛からないだろう」と話されていたという。確かに11月、12月分の4本が残っている。

（高知新聞社 学芸部長　2013年10月20日 高知新聞「喫水線」より）

続 オイドル絵っせい

2014 年 2月 26 日　初版第 1 刷発行
2024 年 5月 5日　新装版第 1 刷発行

著　者　やなせたかし
発行者　吉川隆樹
発行所　株式会社フレーベル館
〒 113-8611　東京都文京区本駒込 6-14-9
電　話　営業 03-5395-6613　編集 03-5395-6605
振　替　00190-2-19640
印刷所　TOPPAN 株式会社
製本所　牧製本印刷株式会社

ISBN978-4-577-05317-1　NDC914　320P　19×14cm
Printed in Japan
乱丁・落丁本はおとりかえいたします。
フレーベル館出版サイト https://book.froebel-kan.co.jp

＊本書は『続・オイドル絵っせい これじゃあ死ぬまでやめられない！』を改題し、新装版として刊行したものです。

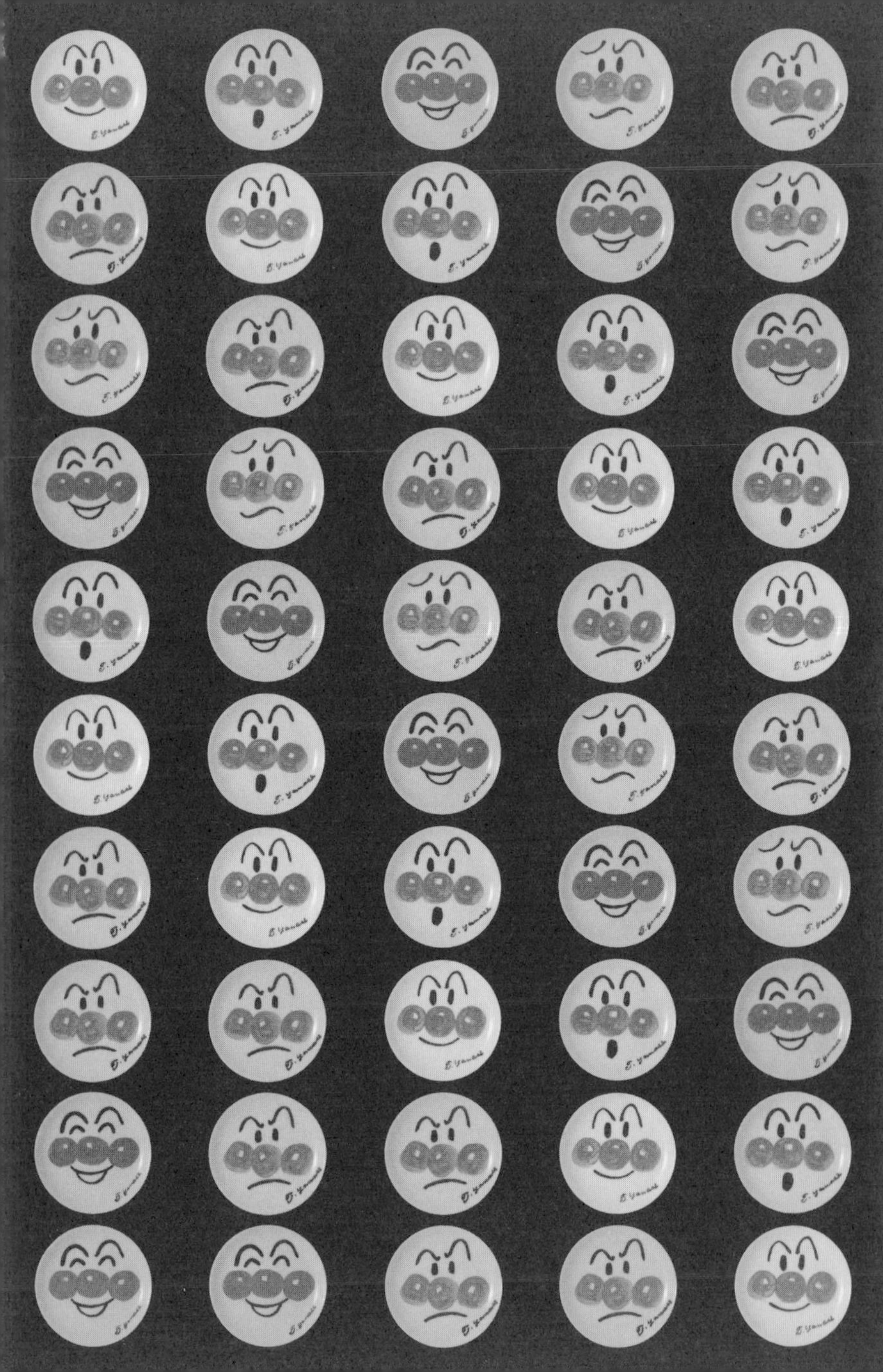